ROCCO GIUDICE

Né en 1982 d'un père italien et d'une mère espagnole, Rocco Giudice vit entre Hong Kong et Genève. *Mangoustan* (Allary Éditions, 2019) est son premier roman.

MANGOUSTAN

ROCCO GIUDICE

MANGOUSTAN

ALLARY ÉDITIONS

FSC
www.fsc.org
MIXTE
Papier issu de sources responsables
FSC® C003309

Pocket, une marque d'Univers Poche,
est un éditeur qui s'engage pour la préservation
de l'environnement et qui utilise du papier fabriqué
à partir de bois provenant de forêts gérées
de manière responsable.

ISBN : 978-2-266-30815-1
Dépôt légal : août 2020

À toi, mon amour, qui dors à mes côtés
À toi, mon ami, mon maître
À ma mère, à mon père
Je vole avec vos ailes

Super-typhon

Super-typhon, subst. masc. : Cyclone tropical qui débute par le battement d'ailes d'un papillon et provoque, par effet boule de neige, de grands bouleversements. Syn. : ouragan, tornade. *Voyez ! Ça n'a l'air de rien, mais c'est un typhon qui se prépare !*

Tel-Aviv

Il fait une chaleur de bœuf sur le tarmac de l'aéroport Ben Gourion de Tel-Aviv, ce jour de mai 2017. Au bout d'un tapis carmin interminable, l'avion présidentiel américain semble relié à un long cathéter. Au pied de l'escalier d'accès, des représentants de l'État israélien, pour qui le temps se fait long, patientent en piétinant. Les corps se balancent comme des roseaux au vent. Benyamin est prêt. Son regard va et vient entre le tarmac et la porte du Boeing 747. « Mais putain ! Qu'est-ce qu'il fout ? se demande-t-il. On a l'air de crétins ! » Le Premier ministre israélien porte à son nez un mouchoir et souffle dedans. Les cuivres d'une fanfare militaire lancent dans l'air chaud des accords de parade. « S'il ne sort pas bientôt, le sable du Néguev aura raison des flûtes et des tubas. » La fille du président américain, accompagnée de son mari, débarque par l'arrière tandis qu'on s'agite à l'entrée du jumbo-jet. En haut de l'escalier, le père apparaît enfin, le veston déboutonné, une cravate bicolore raide comme un fil à plomb et les cheveux brillants comme la Toison d'or. Sa chevelure flamboie littéralement. Est-ce pour cela que Melania, sa femme, protège ses pupilles derrière des verres fumés ? Il agite un bras en guise de salut, descend les marches feutrées et s'adonne aux poignées de mains qui s'imposent mais qu'il abhorre : « Bordel, je déteste ça ! Toucher des peaux molles, embrasser des joues flasques, ça me dégoûte. Si seulement je pouvais porter des gants, ces gants jetables en latex. » Le premier sur son chemin est le chef du protocole, suivi du président de l'État d'Israël et de sa femme. Benyamin est en quatrième position. « C'est vrai ce qu'on dit, constate le Premier ministre, il scotche ses cravates à sa chemise. » Son regard amusé s'attarde sur le nombril de son hôte tandis que le Yankee serre quelques pognes et tapote une épaule. Puis vient son tour :

— Tu y es arrivé, vieux lascar ! Président des États-Unis d'Amérique. Tu l'as mis bien profond à ces Démocrates de mon cul, hein ?

— Et à une foutue bonne partie des Républicains aussi, Benji.

— Je te présente ma femme, Donald.

— Oh, comme moi ?

Personne ne sait s'il blague. On se claque une bise, on se tient par les coudes et on se réjouit comme des farfadets autour d'un feu. Melania, elle, se tient en retrait. Tout de blanc vêtue, droite comme un passe-lacet, elle poireaute à côté des trois larrons. Lorsqu'elle voudra embrasser la femme du ministre, elle devra d'abord libérer ses doigts de la paume insistante d'un Benji frétillant.

— Elle pourrait quand même retirer ses lunettes, glisse-t-il à son épouse en reniflant.

— Tu es vexé parce qu'elle ne t'a pas calculé, grince-t-elle en retour, les pouces en l'air vers la Première dame.

L'incident advient après les discours de bienvenue et les allocutions de remerciements. Au moment où le couple présidentiel quitte les abords de l'estrade montée sur la piste, l'improbable se produit. Un détail à l'encontre de tout protocole, une fraction de seconde, et l'annonce, déjà, d'un bouleversement à venir. L'effet papillon, qu'ils disent. Ce jour-là, des millions de téléspectateurs à travers le globe voient Melania rejeter d'un geste sec la main tendue par son mari de président.

Genève

— Ce n'est pas Irène, s'agace-t-elle, c'est Irina.

— Mais enfin, c'est pareil !

— Non, ce n'est pas pareil. Cesse de franciser mon nom chaque fois que tu me présentes à quelqu'un.

La salle de bains est l'endroit idéal pour les mises au point du matin. Irina se lève toujours en premier. Elle prend sa douche debout dans la baignoire et laisse ensuite couler l'eau pour le bain d'Édouard. Celui-là, qu'aucune occupation ne pousse hors du lit avant huit heures, se glisse sous la mousse quinze minutes avant qu'Irina ne quitte la maison.

— Si ça te gêne que je sois ukrainienne, trouves-en une qui soit d'ici, dit-elle en posant une noisette de crème sur son visage. Tu n'as que l'embarras du choix ; Marie-Christine, Françoise, Isabelle, c'est nettement plus *rive gauche* qu'Irina.

— Passe-moi la mousse à raser, lapin.

— On croirait que tu cherches à dissimuler mes origines. C'est humiliant et inutile ! Tu imagines bien que je ne trompe personne ; j'ai, comme qui dirait, un léger accent !

— Tout à fait charmant, par ailleurs.

Édouard, élégance ou lâcheté, avait pour habitude de fuir les conflits et redoutait la gravité presque autant que les voyages en seconde classe.

— Il faut qu'on parle de l'extension de la boutique. On déjeune ensemble ? demande Irina.

— On peut tout à fait déjeuner ensemble. Je passerai te prendre vers treize heures.

— Pourra-t-on parler de ce projet ?

— Je croyais que ta question portait sur le déjeuner seulement.

— Tu m'agaces, Édouard ! Je ne comprends pas que tu ne me soutiennes pas davantage. On est ensemble pour quoi, sinon ?

— Tu te le demandes vraiment ?

— Dans un couple, chacun est en droit d'attendre que l'autre l'accompagne dans ses projets. Tu n'étais pas aussi égoïste avec ton ex-femme !

— Je te l'ai déjà dit. Cette boutique te donne bien assez de travail comme ça.

— C'est, potentiellement, du chiffre d'affaires en plus.

— Ça coulera ta boîte.

— Tu n'as jamais cru en moi.

— Nous y revoilà.

— Il va falloir que ça change parce que je commence à en avoir marre. Tu as vingt ans de plus que moi. Ta vie est faite – *et tant mieux* – mais si par malheur il t'arrivait quelque chose, je me retrouverais à la rue, une main devant et une main derrière. Et ce n'est pas la boutique en l'état qui me mettra à l'abri du besoin. Je vis avec toi, dans une maison qui ne m'appartient pas et dont je serais éjectée du jour au lendemain, si tu venais à disparaître.

— Tu sais bien que mes fils te laisseront le temps de faire ta valise, gloussa Édouard.

— Espèce de salaud !

Irina claque la porte de la salle de bains, dévale l'escalier et quitte la maison en colère.

Quiconque possède du gravier devant chez lui sait que le petit caillou crisse différemment selon l'humeur de celui qui y roule les semelles. Édouard connaissait, depuis l'enfance, toutes les nuances de cet idiome bourgeois. Il tendit l'oreille jusqu'à ce que le loquet du portail d'entrée de la propriété eût tinté ; l'oracle était mauvais, l'orage pointait.

Singapour

On ne quitte pas une femme sans raison. Pourtant il avait balancé : « Je n'ai rien à te reprocher, Laure. » Puis il avait ajouté : « Essayons de faire cela dignement, tu veux bien ? » Où allait-elle en trouver de la dignité à cette heure pitoyable de son existence ? Sa joie s'était effondrée sur elle-même. Elle était mortifiée. À cinquante-cinq ans, voilà qu'elle pleurait à nouveau comme une gamine. Si les enfants voyaient cela, ils la trouveraient pathétique, c'est sûr ! « À ton âge, on n'a pas le droit de se laisser aller comme ça. » Elle reniflait. Ses pores exhalaient, pensait-elle, une odeur de pitié.

« Mettre autant de soin à se séparer qu'à se séduire, pérorait-il devant ses amis, un Churchill coincé entre ses dents, est une élégance élémentaire. » Pour la larguer, il avait attendu que la cadette ait, comme son frère quelque temps avant elle, définitivement quitté le foyer. Tuer la mère, oui, mais pas devant les enfants ; question d'élégance.

Elle avait pris un sacré coup de massue sur le front ; trente-cinq ans de vie avec lui, dont dix à Singapour où elle l'avait suivi. « Je fais quoi maintenant ? Je suis devenue femme avec lui, mère avec lui, je ne connais que lui. »

Assise sur sa terrasse, Laure fixait son smartphone, espérant que le hasard brise son abyssal spleen. Malheureusement pour elle, le plasma demeurait noir et muet. Pour tromper le silence, elle activa l'interface de l'appareil et appuya machinalement sur l'icône de l'application Youtube. Pour se distraire, elle lança une vidéo qui titrait sur le geste surprenant de la femme du président des États-Unis d'Amérique, en visite officielle en Israël.

Dans cette séquence insolite, le mannequin slovène rejette ostensiblement la main de son mari devant l'ensemble des caméras de télévision venues capter leur arrivée. Celle que tant de monde prenait, jusque-là, pour une femme de peu, une poupée arriviste et écervelée, soumise à la puissance et à la fortune, s'était réapproprié d'un seul geste une dignité niée de tous. La Vénus à l'irréprochable plastique dont on soupçonnait la détermination à grimper à genoux, si nécessaire, la pente qui, du sol à la ceinture, mène à la fortune, s'était muée en fauve. De Tel-Aviv à Singapour, Laure sentit la solidarité tendre son arc invisible. Elle se surprit à prononcer à haute voix :

— Ma pauvre, je n'aimerais pas être à ta place, mariée à ce butor au crin orange.

Elle réalisa immédiatement que cela leur était désormais commun ; Laure, elle aussi, avait partagé sa vie avec un mufle. « Et dire que je ne lui ai pas mis une claque dans la figure, se dit-elle en pensant à Philippe. Nom de Dieu, j'ai même raté ça. »

Hong Kong

Face à ses écrans, Wei de l'observatoire météorologique de Hong Kong est formel : le cyclone tropical qui s'est formé au large des côtes philippines se dirige tout droit sur la ville. Dans quatre jours, s'il ne dévie pas de sa trajectoire, il balaiera l'île avec des vents de plus de 200 km/h. Ce n'est, ni plus ni moins, que le plus puissant typhon mesuré depuis 1946. Pendant plusieurs jours, des masses d'air chaud se sont élevées au-dessus de la mer, créant de profondes dépressions. À une quinzaine de kilomètres de hauteur, l'air refroidit, descend en s'enroulant autour de la colonne d'air chaud. Tous les éléments sont réunis pour la formation de ce cyclone titanesque : une fois le moteur lancé, la rotation de la terre entraîne les vents dans une ronde pareille à ces toupies à tige pour enfants qu'un bras céleste actionnerait avec véhémence. Pendant sept jours, la toupie ne s'arrêtera plus. Quand les dieux ennuyés iront jouer ailleurs, l'œil du succube se sera fracassé sur la terre. D'ici là, la tôle sifflera, les bâches s'envoleront et la pluie contrariée filera à l'horizontale. Les grues tourneront comme des girouettes sur les toits de la ville, les arbres plieront et les rivières bondiront hors de leur lit. Les édifices tangueront, les portes danseront dans leurs gonds et les vitres éclateront.

Après le passage des Furies, le soleil se lèvera sur une terre avertie, chaos de briques et de branches. Les hommes émergeront du ventre de la cité violentée et des tours secouées. Ils fêteront ce sursis de vie en rouvrant au plus vite les chantiers, en relançant les bétonneuses et en faisant crisser les scies à disque. Partout résonneront ces chants modernes, célébrant les noces de l'homme et du ciment. Les assureurs grinceront des dents, les patrons des entreprises de construction se frotteront les mains et les officiers des pompes funèbres ne sauront plus où donner de la tête.

Washington

La Maison Blanche n'est jamais silencieuse, pas même à quatre heures du matin. La vieille baraque compte trois dizaines de chiottes, plus de cent trente pièces, tout autant de fenêtres et presque un demi-millier de portes. Comment espérer, dès lors, que le silence tombe sur le numéro 1600 de la Pennsylvania Avenue ?

« Comment cela a-t-il pu si mal tourner ? » se demandait Melania, seule dans le noir.

Elle avait passé la campagne présidentielle de son mari agenouillée sur un banc d'église. Lors de chaque raout politique, tandis que son époux millionnaire haranguait le populo, elle suppliait la Vierge miséricordieuse de leur épargner la victoire. Malgré cela, ni les *Ave Maria* susurrés entre ses doigts entrelacés, ni les *Pater Noster* hurlés les bras en croix n'avaient pu la soustraire à l'infortune – *pire que cela* –, à la calamité d'être appelée à l'exemplarité.

Son mari élu, elle avait différé son installation dans la capitale aussi longtemps que les médias le lui avaient permis. Troquer leurs trois mille mètres carrés sur Central Park contre cinq pièces à la Maison Blanche lui paraissait être le pire deal que son mari ait jamais conclu. Ici, elle ressentait cruellement le manque de verticalité. Acculés dans un coin du deuxième étage, ils étaient devenus les locataires d'un peuple qu'elle préférait lorsque cinquante-cinq autres étages l'en séparaient.

Des cours d'histoire à l'école publique de Novo Mesto, elle avait retenu que la foule a le goût des purges et ne déteste pas marier le fil de la guillotine au cou des élites. Par ailleurs, elle avait à l'esprit Lincoln, Garfield, McKinley et Kennedy dont la mort prématurée avait porté le bilan des présidents assassinés pendant leur mandat à 8,8 %. Près d'un sur dix ne survivait donc pas à sa charge. Son mari étant le dixième, depuis JFK, dans la liste des chefs d'État ricains, elle craignait le pire. En dépit des mauvaises langues, elle l'aimait, son promoteur. Pas par romantisme, bien entendu, mais plutôt par dévouement ; un besoin de servir nourri de fascination. Elle avait toujours admiré sa superbe et sa puissance économique. Elle le savait irrigué d'une ambition singulière, un feu sacré qui ne tolérerait pas d'être contenu et qu'elle entretenait à la manière d'une vestale.

— Vas-y une bonne fois pour toutes ou cesse d'en parler. Tu fatigues tout le monde avec tes tergiversations. Tous les quatre ans, tu recommences ton numéro de strip-tease.

Par ces mots, elle l’avait résolument poussé dans la campagne électorale. Si elle l’avait retenu, il lui en aurait voulu pour le restant de sa vie.

Néanmoins son sacerdoce connaîtrait un terme. Tenter de faire campagne était une chose acceptable, qu’il fût élu en était une autre, et des plus intolérables.

Kiev

Irina avait rencontré son premier époux, Christian, gestionnaire de fortune pour le compte d'une banque genevoise, dans un restaurant branché de Kiev. Officiellement chargée des relations publiques de l'établissement, elle jonglait en réalité entre les tâches de réceptionniste, concierge, vestiaire et placeuse. Le job était mal payé mais permettait aux plus malignes de se constituer un carnet d'adresses utile. Le futur mari, que les affaires menaient ponctuellement dans la capitale ukrainienne, avait jeté son dévolu sur la jeune blonde et en avait fait le siège trois soirs durant. Au quatrième, Irina consentit à l'accompagner prendre un verre, mais ce n'est qu'au crépuscule du sixième jour qu'elle invita son argentier à cueillir la délicate cattleya. Si elle constata avec regret que son jardinier de nuit n'avait guère la main verte, elle, en revanche, se révéla si bonne à la manœuvre qu'elle reçut bientôt tous les gages d'amour concevables parmi lesquels, inespéré, un aller simple pour la Suisse.

Les premiers mois de leur mariage se passèrent sans encombre hormis quelques gerçures à l'endroit où se posait le regard glacial de belle-maman, une protestante bon teint, héritière pragmatique, que l'idylle contrariait fortement et qui ne manqua pas une occasion de savonner la planche sur laquelle marchait sa bru. Irina savait la vieille inconsolable d'avoir une belle-fille qui lui ressemblât si peu, mais s'en fichait éperdument. Tout en gardant ses distances, elle lui manifestait un respect suffisant pour ne pas envenimer la relation.

Plusieurs saisons durant, les jeunes mariés se montrèrent dans les cafés, prirent part aux événements festifs et caritatifs de la ville et se prêtèrent, comme il se doit, aux gloses de leurs amis. Tout ce petit monde regrettait que l'élue fût frappée de la double indignité d'être slave et de basse extraction, mais admettait que la charmante créature faisait preuve d'une grande volonté d'intégration. Au fond, on ne lui reprochait que d'avoir pris la place d'une autochtone bien née à qui aurait dû revenir, par préférence indigène, le privilège de cette union.

Tour à tour, le divorce des Demale, la faillite des Nicollier et le meurtre, par sa maîtresse, du banquier masochiste Bern balayèrent le couple des conversations mondaines.

Trois années filèrent au rythme des week-ends d'hiver à Megève et des vacances d'été à Ibiza, tandis que le week-end de l'Ascension les trouvait, immanquablement, à Rome et celui du Jeûne genevois à Londres. Ils fuyaient la ville du bout du Lac aussi souvent que possible et, de préférence, avec des amis.

Les rares dimanches passés à Genève se lestaient d'une obligation morale envers la belle-doche. Elle les attendait alors pour un déjeuner dominical servi, au son d'une clochette, par un personnel en livrée. C'est peu dire que la modeste mariée était tombée loin de l'arbre.

Dès qu'Irina eut acquis les rudiments de la langue française, elle plaida, avec insistance, pour le droit au travail. Son mari, dans un premier temps, n'avait émis aucune opposition. Il montra cependant des signes de désaccord après que Madame sa Mère, consultée sur le sujet, eut manqué de s'étrangler. Il était déjà suffisant que sa belle-fille accédât, de manière illégitime, à un rang qui n'était pas le sien. Fallait-il encore qu'elle l'embarrassât en exerçant, à l'instar de la masse laborieuse, une de ces activités dévalorisantes ? Il y avait bien, s'il fallait s'occuper, les organismes de bienfaisance, mais enfin, elle n'avait aucune qualification, pas plus de ressources et encore moins d'entregent. Qu'allait-elle donc faire alors ? Elle ne comptait tout de même pas exercer un métier ?

Un dimanche, de retour à leur appartement, Irina s'emporta contre son mari qui s'était tu tandis que sa mère brisait ses projets en l'humiliant. Elle se révolta contre sa volte-face, arguant qu'il était temps qu'il se débarrassât des reliques d'un Œdipe qui les handicapait tous deux. Elle travaillerait ! Avec ou sans son consentement, mais elle travaillerait ! Elle n'avait pas l'intention de vivre toute sa vie aux dépens de son conjoint.

Trente jours d'un climat marital aussi glacé que celui des plaines d'Ukraine en janvier achevèrent de convaincre Christian. Il finit par l'aider à trouver un emploi à temps partiel, unique concession qu'il était parvenu à lui extirper, chez un joaillier de renom. Ainsi donc, durant quelques heures hebdomadaires, elle y servait toutes sortes de pécunieuses venues acheter un chatoyant faire-valoir.

« Tu te rends compte ? disaient-elles ensuite à leur mari. La petite Ukrainienne, celle qui a épousé le fils Pona, est vendeuse chez De Gorski. Si ce n'est pas malheureux, ça ! »

Bali

Après avoir engagé un avocat des plus compétents, Laure, rejointe par sa sœur Isabelle, s'était envolée pour Bali afin de se ressourcer.

— D'abord, dit Laure, il me trompe avec notre femme de ménage pendant des mois, puis il me quitte pour s'installer avec elle. Dire qu'elle vivait chez nous. Je lui ai offert des vêtements. Je l'ai emmenée en vacances. Je lui ai même appris à nager, nom de Dieu ! C'est pathétique !

— Les femmes de ménage philippines aussi ont droit au conte de fées.

— Mais qu'est-ce que tu racontes ?

Les deux femmes étaient descendues à l'hôtel Bulgari situé au sud de la presqu'île de Jimbaran. Laure avait réservé une villa privative exceptionnelle perchée au-dessus de l'océan Indien. Cinq cents mètres carrés de luxe en bordure de falaise, comprenant un patio, une piscine à débordement, un jardin fleuri et, pour tout vis-à-vis, l'infini.

— T'as vidé votre compte en banque ? demanda Isabelle.

— C'est une idée de mon avocat. Tout ce que je brûle avant le divorce est pris dans le pot commun. En d'autres mots, Philippe nous offre la moitié de ce voyage.

— Fais-moi penser à lui envoyer un mot de remerciements.

— J'ai aussi payé à l'avance deux ans de cotisation au country club, un an d'abonnement à la salle de sport et cinquante séances de flottaison dans un centre haut de gamme.

— De flottaison ?

— Des baignoires remplies d'eau salée. Tu t'y allonges et tu flottes. C'est relaxant mais ça coûte une blinde.

— Tu ne m'avais jamais dit que tu faisais cela.

— Parce que je n'y suis allée qu'une seule fois. Ça relaxe, c'est vrai, mais qu'est-ce qu'on s'y fait chier !

— Eh bien, alors ?

— Alors, rien ! Je te l'ai dit, ça coûte les yeux de la tête. Je l'ai fait pour emmerder Philippe. Quand il va recevoir la facture de la carte de crédit, il va s'étrangler, le con.

Les deux sœurs éclatèrent de rire et Laure servit le champagne.

— Cul sec ! fit-elle à l'adresse de sa petite sœur avant de laisser glisser l'or dans sa gorge. Profitons-en ! Le divorce prononcé, cette vie de standing sera terminée.

— Et ça t'ennuie, Louloute ?

— Figure-toi que oui. J'estime que je la mérite autant que lui finalement. J'ai suivi son chemin et ses projets. J'ai élevé nos enfants, mais au bout du compte, je réalise que je n'ai jamais rien fait qui soit à moi. Et le jour où les enfants quittent la maison, je suis remerciée au profit d'une connasse qui n'a aucun mérite.

— Elle a lavé vos vêtements, curé vos toilettes, changé vos draps et cuisiné pour vous quatre. Tu te rendais compte qu'elle existait ? Qu'elle existait au même titre que toi ? Pendant des années, elle a respiré votre air et partagé votre vie.

— Ça lui donne le droit de prendre la mienne ?

— Ça t'étonne qu'elle en ait eu envie ?

Laure n'en voulait pas à son employée de maison. C'est à cet ingrat de Philippe qu'elle réservait son indignation. Au sortir de ses études, Philippe était un garçon drôle, intelligent et prometteur, mais il était loin d'être l'homme accompli qu'il était devenu. À vingt-trois ans, il était jeune et en mal de reconnaissance. L'impatience mêlée à l'ambition le rendait intrépide parfois jusqu'à l'excès. Il pouvait se montrer rude, maladroit et égoïste. Sans aucune certitude propre, mais persuadé qu'il lui en fallait, il adoptait celles des autres avec une versatilité déroutante. De son père, il en tenait tout un tas : « Dans le monde, il y a deux catégories de personnes : ceux qui dirigent et ceux qui sont dirigés. Il faut choisir celle à laquelle on veut appartenir », « On ne respecte que les hommes qui ont réussi et il n'y a de réussite que financière », « Pour être libre, il faut ne rien devoir à personne » et celle qui est probablement la plus cruelle de toutes : « Les amis, ça n'existe pas. » Elle savait d'où venait son mari et quel carcan d'injonctions stériles le tenaillait. Laure savait son Philippe trop étriqué dans cette cuirasse de fausses évidences, mal éclairé par les vieilles lunes d'un paternel imperméable au doute et dur comme un bloc d'airain. Les assertions de son beau-père résonnaient à ses oreilles à elle comme les bottes et les doctrines. Sa vision binaire d'un monde divisé entre dominants et dominés sentait le formol.

Laure connaissait une autre réalité, moins manichéenne que cette vision sans nuances et réduisant l'humanité à deux clans opposés. Dans sa famille, on disait que l'échec est l'antichambre du succès, que la vie est pleine de ressources, que des trains, il en passe tout le temps. On lui avait toujours appris que la fin ne justifie pas les moyens, que la droiture d'un homme, ça compte. Elle avait retenu des livres de Zweig qu'il y a plus de plaisir à comprendre les hommes qu'à les juger. Elle avait entendu des bouches aimantes lui dire : « Tu es bien telle que tu es. Repose-toi. Ne blesse pas. Ne consomme pas excessivement. Ne thésaurise pas trop. La vie, c'est maintenant. Vois, ris, respire, découvre, soutiens, encourage, félicite, pleure, indigne-toi parfois, reste légère toujours. Rien ne résiste au temps et à l'oubli, alors vis comme tu l'entends, aime et assure-toi de rendre heureuse une personne au moins. La seule chose à faire de ce court passage, parfois incompréhensible et souvent douloureux : s'attacher à le rendre beau. »

Elle avait enseigné à Philippe que le doute et l'empathie sont une marque d'humanité. Qu'être soi-même suffit et que toute tentative d'être un autre nourrit la chronique d'un échec annoncé. Elle l'avait aidé à embrasser ses limites et sa sensibilité. S'il était plus équilibré aujourd'hui, c'était grâce à elle. Elle avait cultivé ce jardin et au lieu d'en récolter les fruits, voilà que l'œuvre de sa vie s'en allait.

— Qu'est-ce qu'il me reste ? murmura-t-elle.

— Tu as tenu ton foyer et soutenu les membres de ta famille afin qu'ils deviennent la meilleure version possible d'eux-mêmes. Ça vaut quand même quelque chose !

— Et qu'est-ce que ça me laisse ? Le sentiment du devoir accompli ? Je me suis fait licencier comme ces nourrices que l'on renvoyait à la campagne quand les enfants avaient grandi. Je ne sais plus qui je suis parce que je m'identifiais à un couple qu'il a vidé de son identité. Je n'avais pas prévu de me retrouver seule à mon âge. Ça ne faisait pas partie de mes plans. Mais tout le monde s'en fout, de mes plans ! Monsieur part en croisières avec sa nouvelle amie. Monsieur l'emmène jouer au golf en Thaïlande. Qui va m'emmener, moi ?

— Tu voudrais qu'on aille taper des balles ?

— Tu peux rire, va ! Je me suis consacrée à notre foyer. Qui se tapait les réunions de parents, les cours de flûte de la petite et les leçons de guitare du grand ? Sans parler des soirées où Philippe se sentait déprimé. Qui s'échinait à lui remonter le moral encore et encore ?

— C'est toi ?

— C'est moi ! Et, maintenant, celle qui doit retourner dans son pays, chercher un job alimentaire, c'est bibi aussi !

Prise par l'amertume et le sentiment d'être incomprise, Laure hoquetait :

— Il n'est même pas question de recommencer ma vie. Il ne me reste qu'à poursuivre mon existence, malgré le foutu sentiment d'avoir encore besoin de lui.

Laure n'avait plus envie d'être là, à Bali. Elle n'avait plus envie de discuter avec sa sœur, même plus envie de se plaindre. Elle voulait retourner chez elle, dans les bras de Philippe. Cette urgence la prenait vingt fois par jour et la tordait à l'intérieur.

— C'est indécent de te lamenter, alors que lui s'amuse, lui dit Isabelle. Tu dois t'interdire de pleurer celui qui, sur toi, ne verse pas de larmes. (Puis elle ajouta en tendant sa flûte vers sa sœur :) Cul sec, Louloute ! À ta nouvelle vie !

— Vie de conne ! répliqua Laure avant de plonger dans la piscine du bungalow.

Elle traversa trois fois le bassin sans remonter à la surface et, pendant les six jours suivants, les carreaux du fond furent les seuls témoins de ses pleurs et de ses cris.

Manhattan

— D'après une actrice porno avec laquelle il aurait eu une relation sexuelle, ton mari a un petit sexe en forme de champignon.

— Elle en sait plus que moi.

— Vraiment ?

— Tu sais bien, papa, que nous n'avons jamais couché ensemble.

Viktor, assis sur un canapé du bureau de sa fille, furetait dans une boîte de chocolats belges que Melania avait fait venir tout spécialement pour lui.

— Ce sont les meilleurs chocolats du monde. Je les adore !

— Je le sais, papa. Je tiens à ce que tu aies tout ce qui te fait plaisir, mais ralentis le rythme, s'il te plaît. C'est la troisième boîte que je commande ce mois-ci. Notre ambassade de Bruxelles a autre chose à faire qu'expédier tes pralinés.

Il ignora le commentaire de sa fille et répliqua en caressant sa panse d'une main :

— Ils doivent y mettre de la levure parce que mon ventre est tout gonflé.

Et ils rirent.

Melania faisait preuve d'une indulgence infinie pour l'esprit potache de son dabe. C'était un homme coquet qui vouait à son épouse et sa fille une tendresse infinie mais dont l'humour rasait le sol. Rien ne le transportait davantage que la force comique d'un prout ou les plaisanteries de Benny Hill. Il gloussait alors et son visage congestionné passait par toutes les nuances comprises entre le pourpre et le mauve.

— Je me souviens d'avoir vu ton mari perdre son slip de bain en plongeant dans la piscine de Mar-a-Lago. C'était fugace, mais j'ai aperçu un tout petit zizi trapu.

— Papa !

— Un peu comme les joysticks à boule de ces jeux d'arcade, tu t'en souviens ?

— Papa, ça suffit ! gronda Melania, feignant l'outrage.

C'est vrai qu'elle n'avait jamais vu son époux nu. Elle devait cela aux termes de leur accord. Loyauté et chasteté composaient la lettre de mission que lui avait remise son mari à l'heure galante de leurs premières rencontres. Leur enfant était né d'une fécondation in vitro et ils en étaient très heureux.

Donald opérait un tri rapide entre les femmes qu'il rencontrait. Il les séparait en trois groupes ; les poules, qu'elles fussent trimardeuses ou riches cocottes, les madones, au nombre desquelles sa mère, sa sœur, deux de ses trois femmes et une de ses deux filles, et enfin les boudins, catégorie qui englobait, en plus des physiques disgracieux, les femmes hostiles et les intellectuelles. Il se glorifiait de n'avoir jamais opéré de confusion des genres, à une regrettable exception près, lorsqu'il épousa en deuxièmes noces une femme de la première sorte.

Il avait retenu la leçon ; la passion sexuelle et le projet familial devaient être strictement séparés. Il n'y avait que les prolos pour mélanger cela. Melania répondait à ses attentes ; jeunesse, beauté, modestie de l'origine et discrétion. Il en ferait son faire-valoir et une madone exemplaire, virginité mise à part. Elle élèverait un enfant, laisserait son mari dans la lumière, calerait son agenda sur celui de son époux mais se tiendrait, pour le reste, à l'écart des mondanités, clubs et autres salons. Il s'agirait d'un job et, si elle l'acceptait, il garantirait, en échange, pour elle et ses parents, une vie fastueuse. Le contrat était limpide et sans aucune compromission physique : *No zob in job.*

Pour faciliter l'accomplissement du devoir de chasteté qui, selon les clauses du contrat, ne concernait qu'elle, Donald s'assura que sa femme ne fût soumise à aucune tentation. Ainsi l'entourage de Melania se réduisait à sa propre famille, son coiffeur-maquilleur gay, son décorateur d'intérieur homosexuel et un styliste giton.

— Je vais avoir besoin de vous à Washington, papa. J'aimerais que vous continuiez à vous occuper de Barron comme vous le faisiez ici. Ce n'est encore qu'un enfant.

— Qu'on déménage ?

— Avec nous, à la Maison Blanche, le temps de cette mandature.

— Et s'il accomplit deux mandats ?

— Ne parle pas de malheur !

Malheur pour Barron, d'abord, pour le pays ensuite. Elle connaissait assez son mari pour savoir qu'il n'était en rien le messie attendu par le peuple. Un mémorable coup de bluff dénué de subtilité l'avait installé dans le Bureau ovale. Brutales dans la forme, indécentes quant au fond, aucune de ses saillies médiatiques n'avait mis un terme à son ascension spectaculaire. Son intronisation avait même légitimé la violence comme ligne de conduite et institutionnalisé l'ignorance comme modèle de gouvernance. Melania était encore stupéfaite qu'une partie de la population ait pu hisser cet usurpateur au sommet de l'État. Il faut dire qu'il a du flair ! pensait-elle.

Viktor comprenait comment tout cela était arrivé. Il en était même plutôt content. Lui qui avait été chauffeur, puis responsable de concessions automobiles pour le compte d'une entreprise d'État slovène lorsque le pays était encore dirigé par les cocos, avait gardé les pieds sur terre et les yeux en face des trous. Il disait connaître par cœur cette classe moyenne qui avait mis au pouvoir son gendre et qui se considérait comme une espèce menacée. Il en saisissait les espoirs et les déceptions. Il affirmait notamment avoir été, lui-même, dessalé très jeune par les trahisons, les mensonges et la corruptibilité de mauvais représentants politiques ; il lui arrivait d'ériger son expérience personnelle en principe universel.

Selon lui, son beau-fils avait su surfer sur la déception d'une population sonnée par une crise financière douloureuse, le sinistre industriel de certaines régions et la nostalgie d'un protectionnisme douanier paternaliste. Il ajoutait que le pays, fondé sur l'idée du libéralisme économique, avait produit des individus frustrés par les limites qu'un projet collectif impose aux trajectoires individuelles. Une large partie des Américains était prête, disait-il, pour un candidat qui assumait cette tendance humaine à faire prévaloir ses intérêts personnels au chant du chacun pour soi.

L'horloge politique, dont le pendule semblait osciller entre technocrates élitistes et chantres antisystème, avait sonné le début d'un temps qui appartiendrait désormais aux seconds. L'heure n'était pas aux propositions raffinées et techniques. Assumant l'abus de pouvoir comme moyen d'action, défendant un programme intérieur ultra-libéral associé à un protectionnisme extérieur d'envergure, il était passé pour un homme pragmatique, fort et inaliénable. Son discours décomplexé et décharné s'était axé autour d'une seule assertion : *L'Amérique d'abord.*

Melania, plus intuitive qu'analytique, se considérait simplement mariée à un enfant capricieux, un promoteur immobilier dont les projets architecturaux phalliques trahissaient, depuis longtemps déjà, les aspirations. Elle savait qu'il raisonnait comme on le fait au café du commerce à l'heure de l'apéritif.

— Responsabilité ? disait-il. Et vis-à-vis de qui ? On peut partager son repas, quand on a pour soi-même suffisamment à manger, pas avant ! Cela fait trop longtemps que l'on ne réussit plus rien dans ce pays. Soixante ans que l'on nous baratine avec le mythe d'une grande nation libre et responsable. On paie pour tout le monde. On finance des routes en Afrique alors qu'on n'est pas foutu de construire une école à Brooklyn pour nos propres gamins ! Moi, je dis : « La liberté pour nous, la responsabilité pour les autres. » Nous n'avons d'ailleurs aucune responsabilité vis-à-vis du reste du monde. Nous avons gagné la Deuxième Guerre mondiale, c'est le monde qui nous est redevable. Merde à la fin ! Tiens, file-moi les cacahuètes.

Seulement voilà, le client du troquet, avec ses poncifs, ses raccourcis, ses propos outranciers, ses invectives et la colère pour toute solution, était devenu président.

— Prends ton mal en patience, ma fille, reprit Viktor, parce que, à moins d'un séisme politique, nous allons passer huit ans à Washington.

— Un séisme, dis-tu ?

Yahotin

Dans les années quatre-vingt, l'URSS était en totale désagrégation. Le grand projet de production socialisée avait fait son temps. Bientôt, la perestroïka et la glasnost de Gorbatchev viendraient amplifier les soubresauts contestataires qui secouaient déjà la fédération. Sous peu, l'État, corrompu jusque dans ses moindres recoins, ne verserait plus les salaires que l'inflation laminerait par ailleurs. Au début de la décennie suivante, une brutale libéralisation économique verserait une ultime pelletée de terre sur la fosse aux idéaux. La moitié de la population du pays vivait alors dans des conditions lamentables et si Irina n'avait aucun souvenir de cette période sinistre de son enfance, Natalia, elle, se souvenait de tout.

Nacha, ainsi que la surnommaient ses parents, avait grandi près de Yahotin, dans une zone rurale de l'oblast de Kiev, à une centaine de kilomètres de la capitale. La localité qui, autrefois, avait résonné des chants révolutionnaires des kolkhozes était devenue une ville fantomatique, au centre d'une vaste région de bocages et de terres tombées en jachère.

Hormis de grisaille, la région manquait d'à peu près tout et le sentiment d'un colossal gâchis ennuageait les esprits. La rudesse était leur lot à tous et, malheureusement pour Nacha, l'économie de caresses dont faisaient preuve ses paysans de parents ne venait pas adoucir l'âpreté du quotidien. Chez eux on ne se touchait pas et on se parlait encore moins, à l'exception de ces rares jours où des visites déchiraient soudainement le linceul gris du quotidien. Alors, on riait, on dansait au milieu du salon, le tourne-disque enclenché. Les autres soirs, en revanche, le paternel, que la faillite du système soviétique avait rendu taiseux, s'isolait pour monter et démonter indéfiniment des prises électriques, tandis que la mère tricotait des vêtements qu'elle troquait ensuite au marché. Une sale résignation avait planté son drapeau partout sur le territoire des adultes. Nacha, jeune, vivait sur un îlot minuscule que la fatalité n'avait pas encore atteint, un radeau fait d'espoir et d'ignorance. Elle n'avait pas encore été frappée par la perte des illusions de jeunesse, les macabres « À quoi bon ! ».

Elle aimait ses parents, mais elle ne les supportait plus. Elle aurait pu se marier jeune, presque enfant, pour sortir de chez elle, obtenir un logement d'État et passer quelques années à espérer, mais elle voulait vivre et non survivre. Survivre, c'était déjà mourir. Beaucoup étaient partis en ville ; là-bas, elle aurait plus de chance.

Saint-Prex

Philippe avait supplié Laure de bien vouloir passer Noël en famille, en Suisse, comme chaque année. « C'est important pour les enfants, avait-il dit. Ce n'est simple pour personne, Laure, et c'est vrai que la procédure de divorce est en route, mais il faut que chacun y mette du sien pour préserver l'union de notre famille en certaines occasions. Tu sais aussi que mes parents te considèrent comme leur propre fille. Ça les rendrait trop malheureux de ne pas nous avoir tous les quatre avec eux. »

Armand et Sylvie, les enfants, s'étaient exprimés via le *chat* familial en faveur d'une trêve et émis le vœu que leurs parents ne rompent pas la coutume qui réunissait les membres du clan autour des grands-parents paternels pour la veillée de Noël. « Ils vont tous faire comme si rien ne s'était passé, pensa Laure, comme si le météore tombé dans le jardin n'avait pas soufflé la baraque. Ils vont ignorer mes cernes et faire fi de mon abattement. Les salauds ! »

Durs, les enfants qui pensent que le malheur peut se mettre en quarantaine. Durs, les beaux-parents qui estiment qu'une dinde et des bons sentiments consolent de tout.

Laure roulait entre ses doigts le verre de vin blanc que lui avait servi beau-papa. Assise sur l'accoudoir d'un fauteuil, elle regardait les êtres qui l'entouraient. Chacun vaquait à ses occupations. Ils passaient devant elle sans oser lui demander comment elle se sentait. Ils devaient tous s'imaginer qu'à force d'ignorer le malheur, celui-ci finirait par déguerpir. Philippe discutait avec sa mère dans la cuisine. Sylvie, allongée sur un canapé et emmaillotée dans une combinaison en pilou, lisait un magazine de mode. Armand, quant à lui, consultait les réseaux sociaux, un casque audio sur les oreilles. « C'est curieux, se dit-elle, mon fils s'est offert un ordinateur portable ultraléger, un smartphone minuscule, mais se promène avec des écouteurs plus encombrants que les deux autres appareils réunis. » Après être descendu douze fois à la cave, Claude, le père de Philippe, veillait désormais sur le feu avec un zèle quasi obsessionnel. Il remuait les bûches qui brûlaient dans l'âtre, y ajoutait des nouvelles, frottait le tisonnier et le plongeait dans les cendres. « Ce que cet homme ne ferait pas pour éviter d'avoir à parler ! » songea Laure.

« Moi, j'ai envie de faire un scandale, de crier à ma belle-famille que c'est leur faute si leur fils est un égoïste déloyal, incapable d'exprimer ses sentiments. Je leur en veux de dire que dans ces histoires, les torts sont partagés ! J'ai envie de foutre le feu au sapin et de casser la vaisselle ; qu'ils voient comme j'ai mal et comme je suis déçue, qu'ils voient ce qu'il a fait de moi. Envie de dire à mes enfants qu'il n'y aura plus de fête ensemble, plus de famille, et que c'est à leur père d'en répondre. Qu'ils n'ont pas le droit de me considérer comme la briseuse d'ambiance, l'esprit chagrin, le pisse-vinaigre. Que je leur ai donné mon amour, mais que je ne peux pas leur donner mon amour-propre. Et puis que j'ai peur qu'Armand ne devienne comme son père. »

La grand-mère Chantal sortit de la cuisine avec le panier à châtaignes et le suspendit au-dessus du foyer. Au « Trop bien ! » de Sylvie, Armand ajouta un « Chanmé ! ».

Tout était parfait : les petits-enfants auraient des châtaignes, les grands-parents avaient leurs petits-enfants et Philippe la satisfaction de ne pas passer pour un salopard intégral puisque sa femme, qu'il quittait pour la nettoyeuse, était venue. Dans la cheminée, une bûche partiellement consumée se disloqua et s'effondra.

Laure aussi.

Philippines

À l'origine, on baptisait un cyclone du nom d'un saint du calendrier catholique. Aujourd'hui, la dénomination suit une liste édictée conjointement par l'Agence météorologique mondiale et la Commission économique et sociale pour l'Asie et le Pacifique. Ladite liste comporte cent quarante noms produits par quatorze pays asiatiques.

En 2018, le vingt et unième typhon portait le nom de Jebi, proposé par la Corée du Sud. Le suivant, vingt-deuxième cyclone tropical de l'année, portera, à partir du 7 septembre, le nom de Mangoustan, un savoureux fruit thaïlandais.

Il atteindra son intensité maximale le 12 septembre. Les vents du cyclone fileront alors au-dessus de la mer des Philippines à 285 km/h. Il touchera terre pour la première fois, au nord des Philippines, trois jours plus tard, provoquant un désastre colossal.

En prévention, des alertes ont été diffusées aux populations de plusieurs régions de l'Ouest et du

Sud-Ouest asiatique et des dizaines de milliers d'individus du sud de Guangdong, anciennement Canton, ont été déplacés. Pour la première fois de leur histoire, les quarante-deux casinos de Macao resteront fermés à l'approche du typhon. L'ancienne colonie portugaise subira, par ailleurs, les effets d'une marée de tempête provoquant une surcote de trois mètres.

En 2013, le typhon Hayan avait dévasté l'archipel philippin, faisant plus de sept mille morts et privant de logement près de quatre millions d'habitants.

Le dimanche 16 septembre 2018, Mangoustan, que les médias surnommeront bientôt « la Reine des tempêtes », frappera Hong Kong.

Kiev

Fidèles à leur habitude, ses vieux n'avaient pas manifesté de vive réaction, lorsque, à ses seize ans, Natalia leur avait annoncé qu'elle quittait la ville pour rejoindre un oncle à Kiev.

L'oncle Piotr, serveur dans une brasserie du centre-ville, l'avait fait embaucher dans l'établissement. C'est là que la chance s'était présentée à elle une première fois sous les traits de Bohdan, vieillard cabotin mais authentique gentleman, dont le front affichait six fois l'âge de Natalia. Elle avait été immédiatement attendrie par ce monsieur rieur qui sentait le vétiver, cultivait une allure de gandin et portait autour du cou un foulard en soie, cadeau d'une comtesse russe dont il avait été l'amant efficace. Le vieux vivotait d'une activité de photographe et possédait un atelier à quelques pas du bistrot. Il s'arrêtait au restaurant tous les matins pour y prendre un café et y déjeunait une fois par semaine, le mercredi. Natalia avait ravivé dans sa mémoire décatie le souvenir d'un amour ancien. Il vouait à la jeune fille une passion platonique et infiniment bienveillante. En hommage à son idylle de jeunesse, il avait rebaptisé Natalia du prénom d'Irina et était parvenu à la convaincre qu'elle était trop jolie pour passer sa vie à transporter des plateaux.

Bohdan lui avait alors offert une série de clichés et, de concert avec l'oncle Piotr, l'avait encouragée à explorer les voies du mannequinat. Flanquée de Bohdan en chaperon, elle avait couru les agences. La fortune donnant préférablement aux gens beaux, Irina s'était vite dégoté ses premiers défilés de lingerie ; il faut ce qu'il faut !

Le mannequinat lui avait donné accès à un monde très éloigné de celui de son enfance et il ne lui avait pas fallu longtemps pour comprendre que Marx avait eu tort de critiquer le capital. Comme ses nouvelles amies, elle portait à présent des robes en strass et des chaussures à talon. Les hommes qu'elle fréquentait roulaient dans des voitures sportives et flambaient l'argent avec la démesure de qui n'a pas sué pour le gagner. Elle sortait de plus en plus et ne réglait jamais la note. Dans cette ivresse nouvelle et clinquante, Irina parvenait à oublier Nacha, la ferme et les prises électriques.

Elle découvrit le sexe que l'on fait à deux et les yeux des hommes qui s'allument comme des feux d'artifice quand, entre les cuisses d'une femme, tremble leur vit. Couchant « inutile » par pure tendresse, elle vécut quelques expériences romanesques et même une aventure mâtinée de sentiments élevés avec un jeune désargenté qui eût donné le vermeil de son sang pour elle. Malheureusement, auprès de lui, elle rêvait immanquablement de Yahotin où, là comme ailleurs, le sang d'un homme ne vaut pas grand-chose au marché.

Femme sur terre, elle reçut son lot de violences, de soumissions forcées et de chantages affectifs. L'instinct de préservation réveillé par quelques vilaines torgnoles, elle avait fini par apprendre à repérer les loups dissimulés dans le troupeau. Observant celles qui, autour d'elle, s'étaient gâchées dans d'impécunieuses literies, elle prit une résolution ferme : à l'avenir, tant qu'à faire, elle coucherait « utile ».

Six années passèrent, pendant lesquelles la carrière d'Irina ne la mena que des podiums de petites culottes au lit de quelques amants prospères. Tous avaient baisé son ventre, accroché des pendentifs à ses oreilles et posé des manteaux sur ses épaules, mais aucun d'entre eux n'avait quitté sa femme. À vingt-quatre ans, elle s'inquiétait pour son avenir. Alors, lorsque l'ami d'un ami lui proposa de se charger des relations publiques de son nouveau restaurant, elle crut voir la chance se manifester à nouveau. Anticipant les possibilités que cela lui offrait, elle avait considéré que ce poste la mènerait sur le seuil du succès. Elle verrait passer toutes sortes de gens et, pour une fois, elle serait revêtue.

Bethesda

Elle n'irait pas à Québec, le mois prochain, assister au G7 !

L'opération d'embolisation artérielle rénale ne requérait qu'une hospitalisation ambulatoire, mais elle décida, cependant, d'étendre sa convalescence à trois semaines pour justifier également son absence au sommet singapourien qui devait réunir Donald au gros Kim. Melania refusait de participer à cette rencontre visant à ramener le dictateur nord-coréen dans le cercle des chefs d'État raisonnables. Il ne faut quand même pas déconner !

Pendant vingt-quatre jours, Melania se tint à l'écart de la vie publique, alimentant les soupçons d'une séparation tandis que Donald ramait pour démentir cette interprétation des faits. Plus l'absence de l'épouse se prolongeait, plus sa cote de popularité grimpait dans les sondages. Ce feuilleton conjugal plaisait à une partie du public américain et faisait bruisser les rédactions du monde entier. Melania devenait un personnage intéressant, intrigant même, doué d'une force de caractère et d'un recul qu'on ne lui connaissait pas. Certains observateurs commençaient à lui attribuer l'intelligence que le silence confère au sage.

Profitant de sa retraite, Melania bûchait sur les grandes lignes de sa conduite publique avec Stephanie. Cette dernière, une belle femme brune de quarante ans, occupait le poste de porte-parole de la Première dame. Dévouée à sa patronne comme une nonne à sa congrégation, elle avait sacrifié sa vie familiale à ses fonctions professionnelles. Melania et Stephanie étaient tombées d'accord dès le début de leur collaboration : au moindre faux pas de son époux, à chacune de ses annonces fumeuses, Melania manifesterait sa désapprobation de manière subtile, mais claire.

Puisque la Première dame avait été mannequin, Stephanie lui fit part d'une tactique possible :

— Communiquez votre avis ou votre position personnelle à travers votre style vestimentaire. Après tout, vous connaissez mieux que personne la portée symbolique d'un motif, l'origine d'un accessoire et le langage des couleurs.

— Et si le public ne saisit pas le message ? demanda Melania.

— C'est là que j'interviens ! En communication politique, il existe des dizaines de techniques pour manipuler l'audience. L'une d'elles consiste à attirer son attention en répondant à une question qui n'a jamais été posée. C'est une manière de focaliser artificiellement la curiosité médiatique sur notre message.

— C'est-à-dire ?

— Je tweete, par exemple, qu'il est regrettable que certains reporters préfèrent se concentrer sur votre garde-robe plutôt que sur le discours du Président. Je peux vous assurer qu'il ne se passera pas une minute avant que les médias commencent à chercher, puis relayer le message en question, quitte à l'inventer.

— Excellent !

— Un tailleur-pantalon pour affirmer votre autorité, des lunettes noires pour mettre de la distance, un col lavallière, dit *pussy bow*, pour dénoncer les propos machistes et ainsi de suite.

C'était exactement ce qu'il lui fallait : une tactique de communication qui lui permette d'en dire beaucoup sans jamais ouvrir la bouche. Cela recelait, par ailleurs, un avantage certain : le textile n'a aucun accent slovène.

Après avoir consulté son agenda officiel, Melania s'adressa à sa porte-parole :

— Demande à mon styliste de me trouver un tailleur-pantalon blanc en vue de ma visite au Congrès, dans quinze jours, pour le discours annuel du Président sur l'État de l'Union.

Stephanie sourit en constatant que sa patronne avait parfaitement intégré l'idée ; un an auparavant, lors de la première session de Donald, le blanc avait été la couleur choisie par les femmes démocrates pour manifester leur soutien aux mouvements féministes contre lui.

Genève

Non seulement la proposition était inespérée, mais elle changerait considérablement leur vie. Francis, ami du défunt père de Christian, venait de quitter l'appartement. Irina lévitait au-dessus du sol. Le dîner qui les avait réunis s'était soldé par un formidable appel du pied à son époux. Parrain, ainsi que l'appelait Christian, avait été l'instigateur de son orientation professionnelle et l'instrument de son engagement dans une banque privée de la place, au sortir d'une école de commerce. Francis n'avait jamais eu à le regretter. Volontaire, son filleul comblait un manque de brio par une considérable capacité de travail. Cette absence de facilité ou de talent lui donnait, sur la longueur, un avantage certain sur les plus verveux de ses collègues puisque la carrière tient de la course de fond. « Préfère une foulée économique et régulière, lui avait alors conseillé Francis. Le sprinter se projette en avant avec force mais risque la chute ou l'épuisement. S'il ralentit, il déçoit ses bookmakers, s'il ne le fait pas, il finit par exploser. »

D'après Irina, Parrain avait compris très tôt dans quelle catégorie se trouvait son poulain et avait su cultiver son tropisme. Le temps avait donné raison aux deux hommes. Discret et diligent, Christian fascinait moins ses clients qu'il ne les rassurait, mais dans un monde aussi sensible que celui de l'argent, cela s'était avéré extrêmement utile. Au sein de la banque, minutieux et sans fureur, il s'était creusé une place sans faire d'envieux. On le considérait scrupuleux et constant jusqu'à la fixité, engendrant chez qui avait travaillé auprès de lui à ses débuts une mince antipathie.

Avec l'aide d'Irina, il avait gagné en légèreté et en rondeur. Elle lui avait communiqué un goût pour le jeu social et enseigné l'art, naturel chez elle, de l'entregent. Elle avait transmis à son époux un peu de sa faconde et donné de l'amplitude à son style vestimentaire, jadis bourgeois. Depuis, il ressemblait davantage à ces élégants dandys des papiers glacés et son dressing-room changeait à chaque saison pour épouser ce fixe temporaire qu'est la mode. Ils sortaient et recevaient, fréquentaient les galeries d'art, se rendaient aux vernissages. Ils étaient partout où il fallait être et Irina, qui gérait leur carnet mondain, n'était en rien étrangère à cela. Elle le fit, par ailleurs, tant et si bien que le réseau de relations de Christian s'étoffa. Bien des gens remarquables par l'esprit ou la fortune crurent, le prestige du nom aidant, reconnaître un des leurs. À la grande fierté d'Irina, des cercles nouveaux s'ouvrirent à eux, ce qui finit par se savoir dans les hauts salons de la banque.

Et c'est en substance ce que Parrain était venu lui dire : son nom circulait parmi les candidats potentiels à la succession du sous-directeur de la gestion privée. En tant qu'avocat de l'associé majoritaire de l'institution financière en question, Francis avait l'estime et l'oreille de son client. La campagne avait d'ores et déjà débuté, mais le poste était à la portée de Christian si seulement il s'en montrait intéressé.

Christian, qui fumait une cigarette sur le balcon, regardait Irina s'affairer à l'intérieur. Novembre touchait à sa fin. Le froid était vif, l'air était sec et le ciel étoilé ; les flocons ne tarderaient pas à blanchir l'air. La soirée avait été excellente et les rires d'autant plus éclatants que la nourriture avait été bonne. Francis s'était fait l'Hermès d'une nouvelle qui, en soi, leur ouvrait d'excellentes perspectives. Pourquoi donc alors se sentait-il si triste ? Pourquoi n'avait-il pas accueilli cela avec enthousiasme ?

Il tira sur sa cigarette et lança à Irina :

— Et si je refusais ?

— Que dis-tu ? lui demanda-t-elle entre le salon et la cuisine.

— Je dis que je ne veux pas de ce poste.

La réponse avait claqué dans la tête d'Irina comme une paire de gifles.

— Tu as peur, c'est normal. Ce sont de grandes responsabilités. Tu t'y feras très bien.

— Je n'en veux pas, Irina. C'est toi qui veux cette place, pas moi.

— Qu'est-ce qui t'arrive ? Cette place, ce serait un honneur, Christian, et les honneurs ne se refusent pas. Nous avons beaucoup travaillé pour cela.

— Tu me pousses, tu me façonnes, tu me modèles. Comme ma mère. Un peu plus comme ceci, un peu moins comme cela. Quoi que je fasse, ça ne suffit jamais.

— Cesse de dire n'importe quoi.

— Vous ne prenez pas en compte ce que je vous dis. Je ne suis qu'un outil au service de votre propre intérêt. Pour son orgueil ou pour ton confort, mais jamais pour mon bonheur. Aucune de vous ne m'a jamais recommandé de faire ce qui me rend heureux, de suivre mon intuition. Vous m'aimez moins pour ce que je suis que pour ce que je peux vous apporter.

— Tu te trompes.

— M'aimerais-tu si je faisais du pain ?

— Ne sois pas idiot.

— Si je faisais du pain, Irina ?

Irina se tenait droite dans la pénombre du salon. Son visage fixait l'enfant sur le balcon, cet enfant de presque quarante ans qui jérémiait sur l'injustice qu'était sa vie. Ces gamineries de riche l'exaspéraient. Elle se sentait incapable du moindre geste de réconfort.

— Il y a d'excellents boulangers à Kiev. Je ne suis pas venue ici, loin des miens, pour vendre du pain.

— Et l'amour alors ?

Cette dernière question avait été posée, les yeux au bord des larmes, avec une naïveté embarrassante. La sensiblerie des autres encombrait Irina. Pour ne pas avoir à répondre, elle aurait tout aussi bien pu le baffer, car elle savait que la vérité eût été plus douloureuse qu'une joue humiliée. « L'amour dont tu parles, aurait-elle voulu lui dire, c'est un conte pour moutard chanceux. Moi, je ne peux pas m'offrir le luxe de l'amour nu, Christian. C'est hors de mes moyens.

Le hasard ne m'a pas servi les mêmes cartes qu'à toi. Qu'est-ce que tu sais des réfrigérateurs vides, des coupures d'électricité et des vêtements pelés ? Je suis née sans autre richesse que le galbe de mes hanches et le rose de mes lèvres. Avec toi, j'ai mis mon cœur à l'abri sans perdre la tête. J'essaie d'être une bonne personne. Si je ne peux pas t'aimer comme tu l'entends, en échange, je donne le meilleur de moi-même pour participer à ta réussite, à notre réussite. Je ferais tout ce que je peux pour favoriser notre ascension. Est-ce que tu me décevrais si tu ne cherchais pas à nous tirer vers le haut ? C'est certain ! »

Au lieu de cela, entre remords et fatigue, elle s'entendit articuler :

— Nous formons une équipe qui gagne, Christian, alors gardons les idées claires. Maintenant, rentre, tu vas prendre froid.

Christian, s'était exécuté en silence, mais la nielle était désormais dans le blé.

Vésenaz

Laure était allongée sur son lit dans le déni de la sonnerie du réveil qui, par deux fois, avait tenté de l'en sortir. L'édredon la recouvrait entièrement et lui tenait chaud. Elle ramena sous les plumes un bras resté dans l'air rafraîchi du matin. Des rideaux beiges, hérités des précédents locataires, diffusaient sur son chagrin une clarté consolante. La lumière ondoyait lentement dans la poussière suspendue. Elle écoutait son pouls lambiner comme un métronome paresseux tandis que son âme cagnarde guettait une envie, quelque chose comme un signe ou une mue.

De retour au pays depuis trois mois, Laure s'était installée dans le confort ouaté d'un isolement choisi. Le divorce lui avait laissé les moyens matériels de cette quarantaine volontaire où aucune impérieuse nécessité ne venait encore la contrarier. Retirée en elle-même, elle n'avait mis les pieds dehors que pour se payer quelques boîtes de sardines, des coquillettes, du café et du thé.

Tout lui était indifférent. Son sommeil déréglé dessinait quelques flaques sur la batiste des jours.

Son fils Armand, que le père avait placé en stage dans un palace genevois, à quelques kilomètres à peine de chez elle, lui rendait visite une fois par semaine. À cette occasion, la douche retrouvait sa fonction, la vaisselle était rangée et la poubelle vidée, mais il suffisait néanmoins à Armand de passer la main autour de la cuisinière ou sur les meubles pour constater que le nettoyage n'avait été que sommairement exécuté. Sa mère portait chaque fois les mêmes survêtements et ses cheveux toujours humides reflétaient le degré de renoncement dans lequel elle était tombée.

— Maman, quand est-ce que tu comptes vider les cartons ? Ça fait des mois que tu as emménagé.

— Demain.

— Tu me dis cela chaque fois.

— Et tu me reposes chaque fois la même question !

— Tu veux que l'on fasse ça ensemble ?

— Et quoi ? Tu crois que ça ira mieux ensuite ?

Le silence qui suivit cette réponse pesa lourdement sur leur dialogue. Elle ne voulait pas se montrer dure envers lui, ni envers quiconque d'ailleurs, mais c'était plus fort qu'elle. Ce « plus fort qu'elle » que les thérapeutes désignent par la locution « risque associé », les magazines de santé l'appellent « dépression post-divorce ».

Elle sentait qu'elle devait des excuses à son fils, mais elle n'y parvenait pas ; les mots restaient, malgré elle, en dedans. Elle prit un feutre qui traînait dans la cuisine et écrivit sur la table « Pardon ». Avant de l'embrasser et de s'en aller, son fils s'empara du marqueur et, doucement, d'une écriture liée, ajouta « ne-toi ».

Mar-a-Lago

« Je ne crois pas que la Première dame ait jamais fait part de son avis à Rudolph. » Le tweet provenant du compte officiel de Melania s'était répandu comme une traînée de poudre, signifiant sans équivoque à toute l'équipe entourant son époux qu'il y avait une limite à la tolérance et que celle-ci avait été franchie.

L'affaire avait éclaté début janvier, augurant de mois pénibles pour les locataires de la Maison Blanche. Donald, qui s'était octroyé par contrat nuptial une licence pour lutiner du côté du bonbon, avait largement profité de sa notoriété pour combler ses appétits libidineux. Playmates impudiques et actrices graveleuses nourrissaient sa concupiscence sans que cela gêne le moins du monde Melania, qu'aucun désir sensuel ne projetait vers son époux. Elle n'avait imposé à ce libertinage de convenance que deux règles : Donald ne devait pas s'afficher publiquement avec ses aventures et Barron ne devait jamais être exposé aux contingences de la vie privée de son père.

Lorsque les détails concernant la liaison de Donald avec Stormy s'étaient étalés dans les médias, le sang de Melania n'avait fait qu'un tour. La starlette de vidéoclips pornos avait révélé avoir couché avec Donald alors que sa femme était enceinte de leur enfant. Avec l'aide d'une paire d'œillères, et en contrepartie d'un train de vie exorbitant, Melania s'accommodait du fait que son époux fût un homme vulgaire, mais ne tolérait pas que cela s'étalât partout. En louve protectrice, elle voulait éviter à son fils d'avoir à subir les quolibets de ses camarades, tout comme elle avait à cœur de lui enseigner les vertus de la dignité, de la considération et du respect. Il va sans dire que cette louable aspiration était mise à mal par le cafardage obscène d'une égérie de salle de bains, une contorsionniste de moquette connue, jusque-là, que d'un public d'onanistes. À la suite de cette indiscrétion, une poignée d'autres Messaline se donnèrent la peine malvenue de nourrir la chronique des scandales.

Son époux était un présomptueux irresponsable et ces femmes de fieffées salopes. Comment pouvait-elle protéger son fils désormais ? Donald, tout à son habitude, avait réfuté les faits, les qualifiant de fausses informations, et avait traité l'actrice de nymphomane et de menteuse. Seulement, chaque jour charriait de nouvelles preuves, rendant impossible et grotesque toute tentative d'élusion. En hydre pitoyable, les folliculaires s'agitaient d'autant plus que s'accumulaient les menteries du Président. Désarçonnés, les conseillers du chef se contredisaient publiquement aussi maladroitement qu'une bande d'amateurs. Le coup fatal fut porté par Rudolph, l'un des avocats de son époux.

Acculé par un journaliste, Rudy avait reconnu le versement à Stormy d'un important montant par l'intercession d'un précédent avocat. Il s'était surpassé peu de temps plus tard, affirmant, au comble de l'absurde, que Melania ne croyait pas un mot des allégations de Stormy et faisait confiance à son mari. L'inversion logique de ces deux séquences avait étonné autant que si Ponce Pilate s'était rendu au Golgotha pour descendre le Christ de la croix. Le retour de flamme ne se fit pas attendre ; Melania fit mentir illico l'avocat à la grande gueule par un tweet cinglant, commandé à Stephanie depuis la propriété de Mar-a-Lago où elle s'était retirée.

Megève

Irina aimait l'ambiance des stations de ski plus qu'elle n'aimait la glisse. Elle adorait le crissement de la neige et le craquement du bois, la douceur du cachemire et la chaleur du bernache ; elle raffolait des arômes de cannelle, de pin et de résine. Levée très tôt, le corps dans la laine, elle traversait l'azurine blancheur du matin pour rapporter une baguette fraîche et des viennoiseries encore chaudes. Elle aimait ce rendez-vous avec l'aube, à l'aurore des idées neuves, lorsque la froideur du point du jour rosit les joues et que les nuiteux rentrent chez eux.

Et puis, à cette heure matutinale, les rues de la station n'étaient pas encore ce défilé de mode permanent qu'elles devenaient aux alentours de midi.

D'ordinaire, la lecture de magazines suivie de quelques achats, d'un massage ou d'un soin esthétique occupaient sa journée, tandis que son époux dévalait les pistes avec ses amis. Elle n'aimait pas ce sport. Ce n'est que mariée à Christian qu'elle était montée sur des lattes pour la première fois et l'effort qu'avait requis l'apprentissage de cette discipline en avait réduit le plaisir. Elle préférait de loin rejoindre la troupe, en fin d'après-midi, dans un bar après-ski de la station.

C'est à Megève qu'Irina décida de la rupture définitive entre elle et Christian. Après sept ans de vie commune, l'irritation se manifestait quotidiennement. Toute complicité éteinte, les deux ne s'adressaient plus la parole que pour exprimer leur agacement. Une digue s'était rompue le jour où Christian avait été nommé au poste de sous-directeur du département gestion privée de la banque, une responsabilité qu'il n'aurait ni convoitée, ni acceptée, s'il n'y avait été poussé par sa mère et sa femme. Cela dit, le glas avait sonné à l'annonce de l'infertilité d'Irina. Piégés dans leur couple, ils vivaient désormais des prolongations inutiles. Il se refusait à assumer la rupture. Elle temporisait, craignant que la séparation ne fût une porte sur le vide. Les virées nocturnes de son époux s'étaient singulièrement allongées. Prétextant la rencontre avec l'un ou l'autre ami, il prolongeait ses sorties jusqu'à des heures indues. Irina, qui le trouvait moins irritant lorsqu'il était absent, s'en arrangeait. Après tout, elle n'attendait pas de son mari l'amour aveugle d'un amant et une dose d'incompréhension ne lui paraissait pas être un obstacle au pacte conjugal. Le mariage était, dans son cas, un rapport de force entre deux individus aux agendas différents. Elle avait fait sienne la formule de Zsa Zsa Gabor : « Divorcer parce qu'on n'est plus amoureuse est aussi stupide que de se marier parce qu'on l'est. » Elle comptait sur le temps et la fermeté pour remettre ce garçon sur une route qui lui serait totalement favorable. Cependant, chaque jour apportait à l'un et l'autre son lot de critiques, inaugurant presque toujours de sévères mercuriales. Elle le trouvait trop prévisible. Il lui reprochait de se montrer têtue, dirigiste et un brin arriviste. Elle lui rappelait que, sans elle, il ne serait pas parvenu à la position sociale qu'il occupait. Qu'elle s'était chargée de tisser et entretenir le réseau qui lui faisait alors défaut. Qu'avant qu'elle entre dans sa vie, son premier cercle d'amis était composé de décérébrés et que, depuis, elle avait stratégiquement ramené autour de lui des personnes influentes et autrement plus brillantes. Il n'hésitait pas à lui remémorer qu'il l'avait sortie du vestiaire d'un restaurant de Kiev et lui avait offert un patronyme illustre. Ce à quoi elle répondait sans ambages que ce nom était un paravent dissimulant l'irrémédiable dégradation du prestige familial, que lui et sa mère n'étaient que les scories d'une aristocratie déchue, une déplorable fin de race.

— Fais gaffe, Irina ! Tu regretteras d'avoir dit des choses pareilles quand tu seras retournée suspendre des manteaux en Ukraine.

Un matin, assise à son bureau, ouvrant du courrier qu'elle avait monté de la ville, elle tomba sur le relevé des dépenses de l'une des cartes de crédit de son époux : quatre mille francs crédités au compte du *Juicy Pussy*, une boîte à filles bien connue. Ce fut un choc. Elle s'attendait à ce qu'il préférât, après plusieurs années de mariage et une ambiance quelque peu délétère, traîner avec des amis plutôt que se précipiter à la maison. Elle acceptait qu'il se montrât médiocre quand il s'agissait de chatouiller le bijou, elle supportait qu'il lui manifestât si peu de soutien, mais elle ne pouvait envisager qu'en pleutre, il payât une prostituée pour se donner le sentiment d'être un homme désirable, tout en revendiquant, par ailleurs, le lustre de son ascendance. Il n'en fallut pas davantage pour la décider à quitter Christian. Il n'était pas trop tard ; elle était belle. Trouver un homme argenté et aimant était encore à sa portée. Partir ne signifiait pas encore perdre la partie.

— Bonjour, madame, puis-je vous aider ? demanda la vendeuse d'une boutique à Irina. Je vous vois intéressée par l'une de nos fourrures.

— Absolument ! Je voudrais celle-là, à quatre mille francs.

— Bien, madame, très bon choix.

— C'est un cadeau de mon mari.

— Formidable. Quel gentleman !

— Je ne vous le fais pas dire.

Vésenaz

La peau des doigts se crevasse. À force de manipuler des kilos de papier tous les jours, l'épiderme s'assèche et craquelle. Elle avait beau passer de la crème trois fois par jour, ces foutus journaux pompaient tout. Laure s'était trouvé un job dans le kiosque d'un centre commercial. Elle y travaillait sur appel, sans contrat, et couvrait, selon les jours, les heures d'ouverture ou de fermeture, fin de semaine comprise. C'était un exigeant boulot de fourmi. La gestion de ces petites officines requérait une concentration considérable et l'exécution de quantité de tâches minuscules. Les journées débutaient dès l'aube par le contrôle de la marchandise reçue ; des dizaines de bordereaux, des centaines de titres, des milliers de pages qu'il fallait vérifier. Après la mise en place du papier, commençait la valse des stylos, des accessoires en tous genres, du tabac, des bonbons et, enfin, des jeux de hasard. Le kiosque pouvait alors ouvrir ses portes. Il était huit heures du matin. Jusqu'à dix-neuf heures, elle parlait aux clients, les conseillait, leur donnait des explications, encaissait l'argent, le rendait, assurait le réassort des articles tout en s'efforçant de limiter la maraude. Le soir, il fallait répertorier les invendus et préparer leur renvoi à la centrale de distribution en vue d'un remboursement. Venaient alors la vérification des stocks et les commandes nécessaires. La journée ne se terminait qu'avec le nettoyage, aux alentours de vingt heures trente. Lorsque la gérante manquait, il incombait à Laure d'assurer plus de treize heures d'une besogne harassante qui lui provoquait d'intenses délires nocturnes dans lesquels résonnaient en chorus la caisse enregistreuse, la petite monnaie et tous les « Bonjour », « 5,50 », « Autre chose, monsieur ? ».

Son salaire couvrait à peine son loyer mais il lui permettait de limiter les ponctions sur son capital. Elle avait cinquante-sept ans et souhaitait sauvegarder autant que possible ses fonds jusqu'à l'âge légal de la retraite.

Malgré l'intensité de la charge de travail et la modeste paie, elle ne parvenait pas à détester ce job. Elle déplaçait et éventrait des bottes entières de journaux, c'est vrai, mais les clients l'appréciaient. Ils avaient d'ailleurs souvent un mot gentil pour elle. L'une d'elles lui apportait régulièrement de la confiture, une autre lui avait offert une broderie : un cœur blanc en point de croix posé sur du feutre rouge. C'était assez laid, mais elle y tenait ; on ne recule pas sous une caresse au prétexte que la main qui la porte est un peu rêche.

Il est vrai aussi qu'elle ne vivait plus dans le luxe ; finis le golf, les soins dispendieux et les réceptions, mais, surtout, terminées les femmes de ménage. De ses anciennes habitudes, elle n'avait conservé que celle qui voulait que le frigidaire contienne à tout moment une bouteille de champagne, selon elle le meilleur antidote au désespoir.

— Allô, Louloute ? C'est Isabelle !

— Je le sais, ton nom s'affiche sur l'écran du téléphone.

— Pourrais-tu me mettre de côté l'édition spéciale de *Paris Match* ? Je la récupérerai samedi. Je suis à Londres pour le boulot et j'ai peur qu'il n'y en ait plus à mon retour.

— Tu continues à lire ce magazine ?

— Un week-end sans *Paris Match*, Louloute, n'est pas vraiment un week-end.

— Pourquoi, dans ce cas, n'as-tu jamais souscrit un abonnement ?

— Pour ne pas être obligée de le lire.

— Tu es timbrée, tu le sais ?

— Et toi, comment vas-tu ?

— Je prends mes marques.

— Pas trop malheureuse ?

— Moins que je l'imaginais. Je suis payée au lance-pierre, mais j'ai l'impression d'être enfin tout à fait à moi. Je m'appartiens. Je n'ai de comptes à rendre à personne. Plus question d'avoir à convaincre ou à négocier pour la moindre chose ; je fais ce que je veux.

— Et niveau mecs ?

— Le désert ! Cela dit, tu sais, quand je vois les boulets que d'autres femmes se traînent, je te garantis que j'aime mieux rester seule.

— Ouais, tu as une vie de merde, en gros !

— J'ai deux beaux enfants et je ne suis pas dans la misère.

— Louloute, tu me déprimes avec tes formules de femme résignée. J'ai l'impression d'entendre les Monty Python chanter *Always look on the bride side of life*.

Isabelle, journaliste pour un magazine horloger, devait se rendre à Hong Kong trois mois plus tard. Elle avait été invitée à siéger au sein du jury d'un concours organisé dans le cadre d'un salon professionnel. Elle proposa à sa sœur de l'accompagner.

— Je ne sais pas. Nous y sommes allés si souvent avec Philippe. Et puis, c'est trop bruyant. Je ne crois pas avoir envie d'y retourner.

Deux jours plus tard, Laure recevait par courriel un billet d'avion pour l'ancienne colonie britannique, accompagné d'une liste de bars et clubs de la ville.

McAllen

— Bonjour et bienvenue. Mon nom est Tim Tailor, je suis le directeur de UP, une organisation catholique dont la mission, ici au Texas, est de venir en aide aux enfants en situation d'abus. UP héberge dans cet abri, baptisé Espérance, une cinquantaine d'enfants. Nous sommes là pour leur garantir ce que nous appelons les cinq facteurs de succès et qui, selon notre expérience, permettent à un enfant de se développer sainement : la sécurité, la santé, des aptitudes sociales élémentaires, une éducation de base et un métier. Il nous arrive également d'héberger des enfants mexicains, honduriens ou salvadoriens sans papiers et qui parviennent à la frontière seuls. En ce moment, et depuis une quarantaine de jours, nous avons la charge d'enfants que l'administration a séparés de leurs parents, immigrés clandestins, dans le but de dissuader les candidats à l'exil.

« Je remercie Melania pour sa visite d'aujourd'hui. Nous sommes fiers de l'accueillir et heureux qu'elle rencontre les enfants. Je passe maintenant la parole au porte-parole du Département de la santé et des services sociaux, après quoi nous quitterons cette salle de classe pour visiter le reste de l'infrastructure d'accueil.

Assise en silence à son pupitre devant les représentants de la presse conviés, Melania repensait aux événements qui l'avaient menée là. Depuis le début du mois de mai, plus de deux mille trois cents enfants isolés de leurs parents vivaient reclus dans des centres de détention. Cette mesure, rendue possible par une loi votée sous la présidence du fils Bush, n'avait jamais été appliquée. Il avait fallu son époux pour que celle-ci soit implacablement mise en exécution. Tolérance zéro, avait-il scandé pendant sa campagne et tout au long des premiers mois de son mandat. Elle se souvenait d'une discussion sur le sujet entre Donald et son ministre de la Justice du moment :

— Jeff, fais-moi respecter cette putain de loi ! Il est temps que l'administration de ce pays commence à appliquer les règles. Tous les clandestins doivent systématiquement être poursuivis au pénal et leurs mioches doivent leur être retirés. Sinon, autant suspendre au-dessus de la frontière une pancarte « *open bar* ». Moi, ce que je veux, c'est une enseigne lumineuse gigantesque qui dise : « On est complet, désolés, les gars. » Et je la veux dans leur langue : en latino !

— Donald, nous ne savons pas quoi faire des enfants. Où va-t-on les mettre ?

— Qu'est-ce que j'en sais, moi ? C'est moi qui dois faire tout le boulot, ici ? Réquisitionnez des salles de sport et au besoin, montez des enclos grillagés.

— Les journalistes vont nous tomber dessus.

— Rien à foutre des journalistes. Ce sont des fouille-merde et des pyromanes. Des menteurs, tous autant qu'ils sont ! Me chier dessus, c'est ce qu'ils font depuis des années. Mais c'est moi qui les emmerde !

— J'ai saisi l'idée.

— Tolérance zéro pour les tricheurs, c'est ça l'idée. Les *clandestinos* sont des violeurs et des voleurs ; le peuple américain n'en veut pas.

— La plupart d'entre eux demandent l'asile en raison d'une peur crédible pour leur vie.

— Le seul danger qui les guette, c'est l'excès de burritos et de guacamole.

— Ils viennent de pays gangrenés par la violence et les groupes criminels.

— Jeff, de quel côté es-tu, nom de Dieu ?

Melania avait trouvé la mesure intolérable. Chercher à bâtir un mur entre les États-Unis et le Mexique était pour le moins critiquable mais cette dernière lubie était carrément cruelle. Elle fit connaître son point de vue sans attendre. À la mi-juin, la publication sur les réseaux sociaux d'un message exprimant sa détestation de toute séparation des familles avait projeté une odeur de poudre dans le Bureau ovale, mais ce n'est que quatre jours plus tard que sautèrent les barils d'explosif installés par la Première dame et sa porte-parole. Sur ordre de Melania, Stephanie avait organisé, dans le plus grand secret, un déplacement à la frontière mexicaine. Informés de cette action moins de huit heures avant le départ, les conseillers du Président avaient remué ciel et terre pour faire capoter le projet. Leur Donald ne pouvait aucunement se permettre l'opposition publique de son épouse. Cela ne s'était jamais produit dans l'histoire du pays et eût été une regrettable première.

— Mel ! avait grondé Donald au téléphone. Cela équivaut à me tirer dessus.

— N'élève pas la voix, Donald, parce que, aussi vrai que la terre est ronde, je jure que tu n'as pas les moyens de te payer ma colère.

— Tu es ma femme et tu dois rester à mes côtés. Melania ? Tu es là ? Melania ? Putain, s'exclama-t-il devant son équipe, elle m'a raccroché au nez.

Ce matin-là, tout le staff était collé devant les écrans. Quelle que fût la chaîne de télévision choisie, les mêmes images y tournaient en boucle. Melania montait les marches d'un avion prêt à décoller. Sur son dos, une veste kaki affichait un message en lettres blanches : « Je n'en ai vraiment rien à faire ! Et vous ? » Du salon où le Président avait l'habitude de prendre son petit déjeuner leur parvint un tonitruant « Nom de Dieu, bordel de merde ! », expression d'un homme contrarié.

Genève

Le coup de foudre est un charmant malentendu ; un presque rien où l'on met presque tout. Le miracle tient au fait que sur ce malentendu naît parfois une histoire d'amour.

C'était au mois d'août. Les Fêtes de Genève, qui chaque été animaient le cœur de la ville pendant quinze jours, touchaient à leur fin, mais le Jardin anglais, épicentre des festivités, était bondé. Irina et Édouard s'y rencontrèrent par l'entremise d'amis communs. Il avait vingt ans de plus qu'elle mais il était solaire et volubile. À trente ans, elle était plus belle que jamais. Il aimait briller, elle ne demandait qu'à être éblouie. Les deux ne se quittèrent plus.

Édouard était, lui aussi, divorcé de fraîche date, mais il entretenait avec son ex-épouse et mère de leurs deux fils une relation exemplaire. Le respect mutuel qu'ils avaient conservé tout au long d'un hymen long de trois décennies ne leur avait pas épargné les discordes mais les avait préservés de l'humiliation et de l'acrimonie. Au bout de leur chemin, ils convinrent que l'un et l'autre méritaient l'éblouissement d'un dernier grand brasier. Ils étouffèrent leur tranquille feu de cheminée et s'en allèrent, les braises encore incandescentes, requérir devant le juge la cessation de tout devoir réciproque de fidélité. En quittant le bureau du magistrat, la femme d'Édouard s'était immobilisée devant une grande fenêtre que la fin du jour inondait d'un éclat de miel. En souriant, elle avait murmuré : « C'est un beau coucher de soleil. (Puis se tournant vers celui qui depuis une minute était devenu son ex-époux, elle avait ajouté dans un souffle mélancolique et reconnaissant :) La preuve que les fins peuvent être belles. »

Irina avait trouvé en Édouard un épicurien fini, dégagé de tout remords et de presque tout regret. Confiant dans l'éducation qu'il avait donnée à ses fils devenus grands, il s'estimait quitte de son devoir sur terre et comptait vivre, désormais, au diapason de ses propres désirs. Un changement en amenant un autre, Édouard avait renoncé à de confortables revenus dans la publicité pour la direction d'une organisation à but non lucratif favorisant l'accès à la contraception en Afrique de l'Ouest. Irina, qui admirait sincèrement l'investissement humanitaire de son nouveau compagnon, ne détesta pas apprendre qu'il comptait tout de même une appréciable assise économique. Héritier d'une longue lignée d'entrepreneurs et de banquiers protestants, Édouard pouvait se prévaloir de sérieuses expectatives successorales. Transitoirement, le legs d'une aïeule et les viatiques de papa contribuaient à son bien-vivre.

Au prétexte de ne pas bousculer la famille d'Édouard, ils n'officialisèrent leur relation que vingt-quatre mois après leur rencontre, ce qui, dans l'intervalle, eut l'effet néfaste de soulever des questions sur cette amie proche, jeune et slave qu'Édouard fréquentait de plus en plus ostensiblement sans jamais la présenter comme sa compagne.

— Tu crois qu'ils sont ensemble ? demanda un jour sa mère au père d'Édouard.

— Qu'est-ce que tu peux être naïve, ma pauvre Édith. Évidemment !

— C'est chouette de penser qu'il est à nouveau amoureux à son âge. Je me demande s'il a encore des papillons dans le ventre.

— Arrête avec tes conneries, si quelqu'un veut des papillons dans le ventre, il lui suffit de se foutre des chenilles dans le cul. Se séparer de son exceptionnelle femme pour tomber avec une croqueuse de dot russe ; il a perdu l'esprit !

— Je crois qu'elle est ukrainienne.

— Qu'est-ce que ça peut bien me faire ? Quoi qu'il en soit, je les garde à l'œil. Il ne faudrait pas que cette histoire prenne une forme plus officielle encore. Je préférerais le déshériter plutôt que d'imaginer notre fortune passer, un jour, dans les mains d'une cosaque.

Vésenaz

Il arrivait à Laure de penser que le célibat était un cadeau du ciel. Les soirées, qu'aucun marathon familial ne contrariait plus, s'étiraient à n'en plus finir et tout ce temps n'était rien qu'à elle. À cette idée, elle ressentait de la joie. Une joie presque coupable, mais de la joie tout de même. Et puis, être autonome était dans l'air du temps.

Elle déjeunait légèrement, sur le pouce ou le divan, ne cuisinait pratiquement plus et pratiquait, chose nouvelle, la course à pied. En dehors du travail au kiosque, elle en faisait le moins possible, nourrissant le secret espoir que l'économie d'action lui garantirait du rab, de la vie en plus, comme si, par une mécanique obscure, la longueur en compensait la médiocrité. En outre, elle estimait que l'inactivité la vengeait d'une vie passée à contrarier son inclination naturelle pour l'oisiveté. Elle en faisait le moins possible et cela lui convenait parfaitement.

Elle pensait souvent à Philippe, notamment lorsqu'elle se tenait près du frigidaire. Elle le revoyait se diriger vers le meuble de cuisine et en inspecter le contenu avant de s'en aller pour y revenir ultérieurement. Ce toc le tenaillait dur. À croire que la réponse à toutes ses angoisses se trouvait dans une boîte à 5° C. En racontant sa journée, en sermonnant les enfants, en téléphonant, pour tout, pour rien, à tout moment, les portes battantes s'ouvraient puis se refermaient dans un bruit de claque ct de bouteilles qui tintent. L'aspiration du joint était devenue la bande-son de leur vie conjugale qui, au final, se déroulait pour l'essentiel entre le frigidaire et la télé. La vue du frigo rempli suffisait à son bonheur ; c'était son Graal, sa réussite. À présent, rituel *voodoo* ou ascétisme, celui de Laure restait largement vide, ne refroidissant que lui, hormis du champagne, quelques tranches de mortadelle et une portion de gruyère qu'une main sans aucun souci de géométrie avait transformées en une œuvre plastique indéfinissable. Son garde-manger, en revanche, débordait d'aliments ; boîtes de conserve, pâtes, riz, sauces, biscuits, assez pour tenir un siège de plusieurs semaines.

— Tu as le frigo d'une anorexique et l'armoire d'une boulimique, lui avait lancé sa sœur Isabelle, lors d'une visite.

Depuis qu'elle était démariée, les repas de Laure étaient devenus plutôt frugaux, mais ce retour à une diététique estudiantine ne lui déplaisait pas du tout. Elle s'accordait toutefois une vanité luxueuse ; une lampée de bulles pour rincer le palais. Cette habitude lui paraissait être l'équivalent d'un majeur levé au sort ; sa manière à elle de continuer à jouer tandis que sombrait le navire.

Voilà ! Elle se trouvait là, seule sur son canapé, dans un vieux chandail élimé mais confortable, un jambon-beurre à la bouche et une coupe à la main. Et finalement, rien de tout cela ne la désespérait. Elle se sentait glisser dans une partie de sa vie où les passions s'apaisaient, les grands engagements sociaux étaient révolus et les projets familiaux dépassés ; seul importait le bien-être du corps et de l'esprit. Son job la maintenait active et le petit pactole du divorce lui permettait d'entrevoir, pour ses vieux jours, de belles heures au soleil des Canaries. Si elle ne voyait pratiquement personne et n'entretenait plus aucun hobby, elle se couchait pourtant plus sereine que jamais.

Elle n'avait plus besoin de qui que ce soit, disait l'ange, tandis que le démon demandait pourquoi alors elle se mettait sur son trente et un pour sortir faire ses commissions ? Pourquoi s'installait-elle sur la terrasse de cafés bruyants pour lire et relire les mêmes dix lignes pendant des heures ? Pourquoi repassait-elle régulièrement en vue la liste entière de ses contacts sans jamais en appeler aucun ? Bien entendu, elle avait envie de trouver quelqu'un avec qui partager de bons moments, mais plus encore que la solitude, elle redoutait la mauvaise rencontre : un mec qui lui fasse du mal. Elle avait mis trop d'efforts à s'extraire de la peine, trop d'énergie à retrouver un équilibre fragile. Elle ne savait même pas si elle pouvait encore faire confiance à un homme. Et puis, elle ne savait pas ce qu'elle voulait, à peine ce qu'elle ne voulait pas. Quant au désir, c'était franchement impensable. Son corps n'était plus à son zénith. Les hommes veulent du sexe, or cette gymnastique était bonne pour les jeunes. De toute façon, elle ne saurait pas s'offrir au plaisir, alors à quoi bon risquer de se retrouver dans une situation gênante. Elle n'espérait tout au plus qu'un compagnon de route, et encore, par intermittence, pas tous les jours, pas tout le temps.

Dans deux jours, elle devait s'envoler pour Hong Kong avec Isabelle. C'était le premier voyage qu'elle s'autorisait depuis le divorce. Les enfants s'étaient montrés ravis de voir leur maman former un projet, manifester une envie. Il leur semblait voir l'ours sortir de la tanière. L'hibernation prenait fin. Tout à leurs encouragements, ils s'étaient abstenus de partager avec elle le pincement au cœur qu'ils avaient ressenti. Ils appréhendaient les désirs nouveaux de leur maman, craignaient qu'un sursaut vital ne la pousse hors de leur vie. Un nouvel homme la leur volerait peut-être. Il lui ouvrirait les portes de sa propre maison. Elle rencontrerait ses enfants, des enfants qu'elle pourrait comparer aux siens. Avec eux, elle formerait une famille sans passif, sans mauvais souvenirs. La perspective que leur mère puisse faire une bonne rencontre générait chez Armand et Sylvie un sentiment doux-amer : heureux de son bonheur éventuel, malheureux à l'idée d'en être peut-être exclus.

Washington

— Te rends-tu compte que ta cote de popularité est au-dessus de celle du Président ?

Semaine après semaine, Stephanie voyait sa pouliche monter dans les sondages d'opinion. Auprès des puritains, Melania passait pour une mère justice en mesure de compenser les emportements d'un homme que le constant besoin d'épate poussait à la gaffe. Pour le quidam traversé par de plus licencieux fantasmes, elle représentait la *domina* ultime. Dans les deux cas, plus elle torpillait son époux, plus la sympathie de la foule à son égard grandissait.

Au fur et à mesure des événements, une extraordinaire dynamique s'était créée entre Donald et Melania. Le couple reflétait une authentique dualité ; le Yin et le Yang, l'eau brûlante et l'eau glacée. Il était volontariste et dynamique, un élan vers le trouble et l'agitation, elle symbolisait une décélération brutale et salutaire, la preuve que la raison et la décence n'avaient pas tout à fait déserté la Maison Blanche. Le public se nourrissait de Donald comme de Melania.

Donald, d'abord. S'affranchissant publiquement de toute retenue et de toute rigueur intellectuelle, il faisait office d'émollient pour ce ventre gonflé et irrité qu'était le pays. Le langage populacier du chef démuselait la bête qui sommeille en chacun. À travers lui, de l'Arkansas au Dakota, du Kentucky à l'Oklahoma, de l'Ohio au Wyoming s'opérait une curieuse catharsis ; les uns exprimant des frustrations refoulées, les autres purgeant des pensées honteuses. Comme les rongeurs apportant avec eux la peste, cette chienlit tumultueuse préfigurait des actes scélérats. Or, ce déchaînement des passions tristes ne trouve d'expiation que par le châtiment d'un coupable, seule signature d'un retour à l'ordre moral. Dans cette contrée pétrie de paradoxes, où pécheurs et prêcheurs se tiennent par la barbichette, il revenait alors à Melania de manier le martinet. Et c'est sur les doigts boudinés de Donald que tombait régulièrement la schlague.

La moitié de la planète avait encore en mémoire la vidéo de Tel-Aviv dans laquelle la Première dame infligeait à son époux une de ces petites humiliations dont elle avait le secret. La première fois, le public avait tenu la tapette pour le symptôme d'une simple fâcherie du couple. Depuis, elle avait réitéré ce geste à Rome, à Washington et en Floride. Chaque fois, sa main avait esquivé celle de Donald et, chaque fois, une *ola* monumentale avait parcouru les réseaux sociaux. Tout ceci aurait pu demeurer un cancan sans importance, si ne s'étaient ajoutés à cela quelques autres épisodes savoureux. Personne n'avait oublié la correction infligée à Donald par l'intermédiaire des parlementaires lorsque, déboulant dans l'hémicycle entièrement vêtue de blanc, elle avait provoqué une ovation triomphale et unanime. Le Président avait alors eu beaucoup de mal à singer la décontraction au moment d'entrer dans l'arène, une minute après.

Ainsi, le voyage à la frontière mexicaine, la veste à message, le tweet désavouant l'avocat de son époux et nombre d'autres micro-actions suivantes avaient été parfaitement décodés par la population.

Évidemment, les adversaires de Donald avaient vu dans les réprimandes répétées de sa femme le meilleur argument contre sa politique. #PlutotElleQueLui avait commencé à circuler sur la Toile, faisant germer une idée saugrenue dans l'imagination collective. Viktor, le père de Melania avait été le premier à la verbaliser, comme cela, entre deux carrés de chocolat :

— S'il tente de se représenter pour un mandat, tu devrais te présenter contre lui. Quoi qu'il arrive, cela mettrait un terme immédiat à sa carrière présidentielle.

La proposition était tellement extravagante que Melania était restée muette. Muette, mais pas sourde.

Genève

La terrasse du café de La Clémence était pleine à craquer. Le soleil frappait la place du Bourg-de-Four à la verticale et l'ombre des parasols bourdonnait. Le coin, bien que sur une bute de la vieille ville, se prêtait, le samedi, au défilé conséquent d'une foule de personnes venues voir et se faire voir.

Irina aimait déjeuner près de là, aux premières loges. Elle regardait, envieuse, cet incessant ballet de jeunes gens athlétiques en bras de chemise. En débarquant, ils avaient tous sur le visage une expression d'étonnement, comme si leur club privé avait subi une invasion. Aucun ne s'installait, par ailleurs, à une table sans avoir préalablement lancé autour de lui un regard de magistrat, ce coup d'œil expert qui, sous l'hermine, jauge l'assemblée et détermine le degré de probité de chacun.

Elle adorait écouter cette jeunesse vernie. Elle était même fascinée. La clientèle bourgeoise qui se retrouvait là semblait toujours entre deux voyages. En partance pour le Maroc ou de retour de Madagascar, elle paraissait posséder les lieux qu'elle évoquait. Ils ne descendaient jamais dans de simples hôtels, mais dans des *boutique-hôtels*, les plages étaient longues et désertes, les soirées étaient privées et les classes business. S'ils trouvaient un cheveu dans leur club-sandwich, ils « tapaient un scandale », et jamais au grand jamais, ils ne faisaient la queue devant une boîte de nuit – « *No way* ». Ils étaient tout à la fois blasés et joyeux, orgueilleux et désespérés. À ses yeux, c'étaient pour la plupart des gentils, perdus et autocentrés. Les quelques-uns qui se donnaient des allures de requin étaient les plus écorchés. Elle était persuadée de les comprendre mieux que quiconque. Ceux qui boursicotaient, ceux qui rêvaient des prétoires, ceux qui voulaient fonder des start-up, ceux qui avaient « des concepts de ouf », ceux qui buvaient un Spritz et ceux qui descendaient « un caoua ». Elle les aimait comme des enfants et se sentait bien plus proche d'eux que de Nacha. « Si j'avais eu la moitié de leurs possibilités, pensait-elle, j'aurais dévoré le monde. Comme eux, je me serais présentée partout en maître. J'aurais fêté mes dix-huit ans à Bali. À vingt-quatre, fraîchement diplômée d'une prestigieuse école hôtelière, j'aurais créé ma marque de gin en association avec des copains et lancé un restaurant de hamburgers vegan trop chers. À trente-trois ans, revenue de tout, j'aurais largué les amarres pour partir me retrouver sur les dunes de Jeriquaquara. Bronzée, reposée, j'y aurais créé une ligne de lunettes de soleil en ligne, puis j'aurais cherché à reprendre la gestion d'un hôtel intime mais design, ultra-branché bien sûr, parce que les backpackers à tongues, *no way*. »

C'est dans ces moments qu'Irina ressentait plus douloureusement les vingt ans qui la séparaient d'Édouard. Lui avait rangé ses ambitions au placard et n'aspirait qu'à profiter de l'existence en réduisant autant que possible ses obligations et ses attaches ; il n'avait plus rien à prouver, alors qu'elle avait tant à faire. L'expérience qu'il avait de la vie et sa force de détermination participaient à l'attraction qu'elle ressentait pour lui mais avaient donné à ses envies et ses goûts une fixité regrettable. Il avait, par exemple, réduit le nombre de ses destinations de prédilection à quatre : l'Afrique en mai, la Grèce en septembre, Rome au printemps et Londres en automne. Rien ne pouvait plus modifier ce plan qui sonnait, pour elle, comme une ritournelle ennuyeuse. Elle peinait à trouver une place qui ne fût pas celle d'une docile accompagnante, un joyeux agrément suspendu au sort et au bon vouloir d'un homme. Il lui était vital de parvenir à dynamiter, une fois pour toutes, le pont qui la reliait à Nacha, cette poisseuse qui, de l'autre rive et à travers de terribles cauchemars récurrents, lui criait : « Tu n'es rien et rien tu resteras. »

Peut-être était-ce cela que son enfance avait gravé en elle : la détestation d'un monde où la vie, la vraie, ne se donne qu'aux classes possédantes, les spoliés du hasard n'ayant qu'à bien se tenir.

Elle avait beau vivre dans une ville libérale, reconnue pour son ouverture, fondée sur les notions de liberté et d'accueil, elle pâtissait, ici comme ailleurs, d'une image de pauvresse prête à toutes les tartuferies pour assurer sa situation. Il est des origines qui sont un empêchement, une présomption de bassesse. La sienne était partout synonyme de superficialité, de froidure et d'arrivisme. Plaisantes façades, égoïstes et sans profondeur, les expatriées comme elle étaient considérées comme de jolies oies paresseuses, avides jusqu'à la compromission. On ne vous reproche pas tant votre condition d'origine que de chercher à en sortir en vous adossant à un homme, sans suer au-dessus des plonges ou des cuvettes de toilettes ; l'aspiration à une vie prospère est un péché si elle ne passe pas par le labeur et une bonne dose d'humiliation. Une suspicion permanente frappait chacun de ses gestes, la moindre de ses idées. Elle savait bien que tous y pensaient ; les beaux-parents, les fils, l'ex-femme et les amis guettaient le signe avant-coureur d'une escroquerie. Édouard, lui, était taraudé par l'idée qu'un jour, n'ayant plus rien à donner, sans plus aucune des attaches que la nécessité matérielle créait entre eux, il fût abandonné. Il craignait moins l'humiliation que la solitude qu'un âge avancé rendrait irrémédiable. Il ne pouvait imaginer vivre seul sans qu'une angoisse tenace ne s'emparât de lui. La compagnie était pour Édouard un anxiolytique puissant. Cet homme si sûr de lui, paraissant avoir atteint un niveau de sérénité profond, ne pouvait exister qu'à travers le regard grisé d'un autre individu. L'admiration palliait chez lui le vertige que produit l'absurdité de l'existence. Il avait quitté sa femme parce qu'elle avait cessé de l'admirer. Il aimait Irina parce qu'elle avait ranimé la source claire si précieuse à son moulin.

Irina, quant à elle, crevait de savoir qu'il suffisait que le moulin préférât une eau nouvelle pour que Nacha passe le gué qui les tenait écartées l'une de l'autre.

Hong Kong

Hong Kong est une ville verticale qui entasse ses habitants. Sept millions d'âmes s'empilent dans des pigeonniers standardisés et monotones. Chaque tour, véritable cité debout, possède ses propres lignes de transport public ; un habitant passe près de quatre jours par an dans l'un des soixante-dix mille ascenseurs de la ville quand ce n'est pas devant, à l'attendre.

Hong Kong n'a pas de mémoire. Personne ne s'attache à la pierre, ici. Il est impossible de se figurer la ville telle que l'avaient construite les Britanniques. Il n'y a guère plus que les trams, pittoresques boîtes à sardines qui, avec une poignée d'autres édifices, témoignent encore du passage des colons.

Il y a une chose pourtant que le temps n'a pas modifiée ; la ville n'est toujours que ce que les Anglais avaient voulu qu'elle soit : un comptoir. Honorant sa vocation première, la cité tout entière est centrée sur la forme la plus pervertie de l'échange : la transaction. Celle-ci y est l'origine et la finalité de tous les rapports humains. Les négoces d'autrefois ont fait place à d'immenses centres commerciaux et l'opium a disparu au profit de marchandises dont le volume de consommation ne laisse, pour autant, aucun doute sur leur caractère pareillement addictif. Des passerelles aériennes relient les commerces entre eux. Le sol n'est plus tangible ; comment conserver les pieds sur terre ?

Ici, monsieur, on ne vit pas ; on consomme. On ne traînasse pas à la terrasse d'un café, on ne lit pas dans les parcs, on ne se prélasse pas sur la plage. La douceur de vivre, les promenades ou le *dolce far'niente*, ce génie européen, n'existent pas. Ici, Épicure est en Enfer ; tout y est frénétique. Le bruit vous assomme : les passages à piétons sonnent, les voitures vrombissent, les chantiers crépitent, les terminaux de cartes de crédit bipent. À tout moment, les magasins vomissent des tonnes de produits. Sous l'air glacé des appareils de climatisation, l'argent coule à flots. Il voyage dans des sacs, dans des valises, et passe d'une poche à l'autre sans interruption, 364 jours par an, jusqu'au nouvel an chinois. Hong Kong s'arrête alors comme un jouet sans pile. Les magasins fermés, les rues se calment. La vie souffle. Les habitants s'ennuient, mais ils respirent. Puis, au matin du premier jour de l'an nouveau : bip, vroum, tuuut, fff, tuut, bip, fff…

Laure et Isabelle logeaient au Kowloon Hotel, situé à l'arrière du prestigieux Peninsula.

— Tu dois avoir le sentiment d'avoir été rétrogradée, lui avait glissé Isabelle au moment du check-in. D'ordinaire, tu descendais en face.

C'est vrai, Laure ressentait bien une forme de mélancolie pour sa vie passée.

Tandis que sa sœur parcourait les allées du salon horloger que son employeur lui avait demandé de couvrir, Laure explorait la ville avec un autre intérêt, cette fois, que les emplettes. De ses visites passées, sa mémoire n'avait retenu que la remarquable *skyline* de gratte-ciel au pied de l'île, façade d'apparat pour photos-souvenirs. Elle qui, avec Philippe, n'avait jamais fait que passer d'un hôtel de prestige aux boutiques de luxe, des taxis aux restaurants branchés, avait décidé de traverser le miroir. Aujourd'hui, il lui semblait recouvrer la vue. Comment avait-elle pu aimer cette ville de courtage et de trafics ? Partout, le manque d'espace. Et à toute heure, cet obsédant tohu-bohu.

Comment grandissent les enfants ? Enfumés par le monoxyde de carbone, élevés dans des ruches de béton, rêvent-ils, au fond de leurs nuits sonores, de prendre à leur tour une place dans ce circuit ? Et quelle sorte d'ennui, quelle absence de perspectives les amènent à s'installer dans l'une de ces files indiennes interminables qui engloutissent près de huit cent jours de leur existence ? Pour le bus, le métro, le taxi, le loto, pour un gadget de plus, pour un nouveau restaurant, ils s'infligent de longues attentes, des punitions qui confinent au supplice. Quelle satisfaction – à moins que ce ne soit un obscur sens de camaraderie – les pousse-t-elle dans ce qui ressemble à des *standing ovations* à la consommation de masse et à l'avidité ? Des années sans retour à piétiner comme des bovins en baskets.

De tout cela – la promiscuité, la pollution, la confusion, le tumulte, l'incessant battement d'une ville qui a mis l'homme à son service –, Laure ne parvenait pas à s'amuser. Elle ne pouvait pas faire abstraction du constat qu'elle partirait et que les locaux, eux, demeureraient tous là, encastrés dans ce piège, dans cette enclave dressée et insensée.

— À quoi penses-tu, Louloute ?

Laure et Isabelle s'étaient retrouvées dans un élégant bar aménagé sur le toit d'un building du centre-ville, une coupe pétillante entre leurs doigts soigneusement manucurés. Une saxophoniste improvisait sur une musique *acid jazz*. Le personnel de l'entrée filtrait les clients.

— Je ne veux plus voyager, avait répondu Laure.

— Ça t'est venu comme ça ? Comme une envie de pisser ?

— Je ne parviens plus à m'émerveiller – je n'ai plus l'imagination nécessaire. À mon âge, on voit l'envers de tout et, à dire vrai, ça gâche un peu le plaisir. L'aventure ne m'excite plus, je préfère le confort.

— Oh, toi, tu as besoin d'une bonne bière dans un pub qui chlingue. Allez, on bouge.

Insistante comme le sont les gens qui nous aiment, Isabelle était parvenue à convaincre sa sœur de l'accompagner prendre un dernier verre ailleurs, quelque part sur les hauteurs de la ville. Le taxi les avait laissées devant une impasse surplombée de câbles en pagaille et jonchée de cartons d'emballage.

— Tes rappels de vaccin sont à jour ? s'amusa Isabelle avant de vérifier une nouvelle fois l'adresse sur son portable.

Le débit d'alcool était plongé dans une lumière noire et la peinture fluorescente dont avaient été couverts les murs donnait aux clients un teint horrible, mais la musique était bonne. Cinq minutes après leur arrivée, les deux dansaient au bout du zinc, sous des haut-parleurs poussés au maximum.

— C'est quand même moins déprimant que le *rooftop* de culs serrés, non ? cria Isabelle. Sans attendre la réponse, elle poursuivit : Ton problème, Louloute, c'est que tu penses trop. Ça t'a toujours rendue un peu sinistre. Penser et attendre, ça inquiète ! Ça rend les situations pires qu'elles ne sont. Tu attends le train au port !

— J'attends quoi ? lui hurla Laure à l'oreille.

— Tu attends quelque chose qui n'arrivera pas. Arrête de penser. Agis, ma belle ! Passé un certain âge, on a honte de rêver, de désirer, d'inventer. Bouge, tu es faite pour cela ; t'es pas un arbre, bordel ! Danse, danse comme là, danse jusqu'à la dernière minute. Parce que cette vie est absurde et que notre revanche, c'est de la rendre belle malgré tout. File-moi mon verre, s'il te plaît. Oh, et puis, fais-toi tringler un peu, merde. Vivre, c'est aussi jouir.

Laure avait ri à la saillie drolatique de sa petite sœur, mais son visage détourné trahissait ses réflexions. « Je sais ce que tu penses, se disait Isabelle. Tu es ma grande sœur, tu te dis que je tiens ces propos parce que je suis plus jeune que toi, mais tu te trompes. C'est parce que j'ai un crabe, ma Louloute. Là, dans ma poitrine. Plusieurs mois qu'il y creuse son trou. Je ne t'en parle pas pour ne pas t'accabler ; tu sors à peine de deux années pourries. Louloute, tu comprendras bientôt que la vie, faut pas la laisser couler. Il faut la secouer, la violenter, lui faire rendre tout son jus. Il faut désirer, aimer, chanter, lire, danser, manger, t'enivrer, rire, pleurer même, mais il ne faut pas la regarder passer et ceci justement parce qu'elle passe. Et la mienne est en train de s'éteindre. Dommage, j'avais encore deux trois idées derrière la tête, quelques projets dans les tiroirs. »

— On rentre, Isa ? Je commence à fatiguer. Je n'ai pas ton âge, gamine !

— Promets-moi une chose, Louloute. Jure-moi que tu ne vas pas la regarder passer.

— Qu'est-ce qui te prend ? T'es bourrée ?

Harvard

Il existe trois façons d'acquérir la citoyenneté américaine : être né sur le sol américain, être né hors du pays mais de parents américains ou être naturalisé américain après installation dans le pays.

Selon la Constitution américaine de 1787, seuls les citoyens de naissance peuvent être élus à la présidence. Cela étant dit, il existe des professeurs de droit pour prôner une adaptation du texte fondateur aux temps que nous traversons. Une interprétation stricte revient, selon eux, à enclaver une nation dans un contexte historique révolu.

Je suis, chère Madame, de ceux qui estiment qu'être né à l'intérieur des frontières d'un pays ne constitue pas une garantie de vertu ni d'intégrité, pas même de loyauté. Si la valeur d'un individu doit provenir de quelque part, peut-être alors est-ce moins de la terre que du ciel, or le ciel est pour tous le même.

L'attachement aux valeurs fondamentales d'une nation devrait être le seul marqueur de citoyenneté.

Chacun de nous connaît des Américains naturalisés qui, de par leur contribution matérielle ou spirituelle à la communauté, méritent mieux de ses membres que des Américains de naissance dont le comportement trahit vilement les principes énoncés par les pères de notre nation. Ils manquent à leur devoir, abusent de leurs droits et salissent drapeau et société comme jamais l'origine, l'accent ou la couleur d'un honnête homme ne le fera. Chaque génération ne tire de grandeur que de ses propres faits. Aucun droit particulier, aucune prérogative singulière ne doivent toucher celui dont le père fut admirable, comme aucun préjudice ne doit heurter celui dont le patriarche fut indigne. C'est par lui-même qu'un homme doit s'élever au rang des dignes citoyens de son temps. Conformément à cela, je crois que bien des « naturalisés » devraient pouvoir aspirer aux responsabilités suprêmes. Car c'est bien de cela qu'il s'agit, de hautes fonctions qui, noblement exécutées, ne devraient accorder que de hautes considérations et la satisfaction d'avoir servi ses semblables.

Je serais tout à fait enclin à solliciter les membres du Congrès afin qu'ils proposent un amendement de notre Constitution. Comprenez toutefois qu'il faudrait encore que lesdits amendements émanent de deux tiers des deux Chambres et soient ensuite ratifiés par deux tiers des États.

Tenant compte de ceci et sans mauvaise foi de la part de votre serviteur, vous comprendrez qu'il est très peu probable, chère Madame, que vous soyez jamais présidente des États-Unis. Croyez bien que je le regrette. Je suis moins ennuyé par le fait que vous n'accédiez à cette fonction, car enfin je ne sais pas (sans en douter cependant) si vous incarnez, par vos qualités, cet être providentiel, garant de l'unité de la nation, que par le fait qu'il ne vous soit pas donné la possibilité d'y prétendre.

Je rêve parfois qu'Abraham Lincoln, sur son siège de marbre, nous invite à méditer ses propos : « ... Les dogmes du passé paisible sont inadaptés au présent tempétueux... Puisque nous sommes confrontés à du neuf, nous devons penser neuf et agir neuf. »

S'il vous apparaît que ma personne peut être utile à la démocratie que je chéris plus que tout, comptez-moi alors à vos côtés.

Amicalement vôtre,
John W. H., Professeur de droit constitutionnel,
Université de Harvard, Cambridge, Massachusetts

P.-S. : Si la Constitution des États-Unis d'Amérique ne vous permet pas d'être élue, elle ne vous empêche pas, en revanche, de vous présenter. À bon entendeur, et que Dieu bénisse l'Amérique.

— Stephanie, dit Melania après avoir lu la missive, assure-toi que le professeur reçoive mes sincères remerciements.

— C'est comme si c'était fait.

Avant de rejoindre l'équipe de campagne de Donald, et bien avant de se retrouver au service de Melania, Stephanie avait été employée du bureau du procureur général d'Arizona, lui-même ancien élève de Harvard.

De cette époque, elle avait conservé le contact de bon nombre d'éminences tels que John, consulté à plusieurs reprises par le procureur sur des affaires de droit constitutionnel. Elle avait conservé du professeur le souvenir d'un homme d'une grande rectitude intellectuelle, respectueux des institutions, mais sans bigoterie excessive. Lorsque Melania lui avait fait part du commentaire de Viktor, c'est à John que Stephanie avait souhaité en référer.

L'estime qu'elle avait formée pour cet homme éclairé n'allait cependant pas jusqu'à le soustraire à un accord de confidentialité conséquent, truffé de clauses abusives comme seuls savent les formuler les avocats. John avait lu avec amusement l'ensemble de ce verbiage juridique qui encadrait ses échanges avec la porte-parole de la Première dame et avait consenti à signer le document. En sa qualité d'expert, et pour rendre la politesse, il n'avait pas hésité à ajouter une note de bas de page exprimant tout le bien qu'il pensait de l'avocaillon tordu qui en avait rédigé le contenu. Après cela, il avait répondu avec soin à toutes les questions de Stephanie, y compris celle qui visait à évaluer la légalité de la candidature à la présidence des États-Unis d'une personne naturalisée par l'Oncle Sam, mais née hors sol. Il avait rédigé sa lettre avec amabilité – presque de la tendresse – et, soucieux de ne pas la compromettre, s'adressait à Melania sans la nommer. Doté de suffisamment de jugeote, il avait saisi ce que tramaient les deux amazones de la Maison Blanche. Leur dessein, bien qu'embryonnaire, ressemblait à un acte de résistance, un sabotage de l'intérieur de l'appareil, ce qui lui avait inspiré une grande sympathie. En effet, il était d'avis que la mascarade gouvernementale ne devait pas excéder la durée du mandat en cours. Il était bon que l'on songeât, dès à présent, à tous les moyens légaux pour tourner la page d'une imposture que l'histoire reléguerait, pensait-il, à un malheureux dérapage. Cette sortie de piste n'avait-elle pas été rendue possible par l'incongruité d'une mécanique électorale qui permet à un candidat de remporter la majorité du collège électoral tout en ayant perdu le scrutin populaire ? Il trouvait un goût âpre à la démocratie quand, décorrélée de la volonté populaire, elle était prise en otage par une minorité qui en corrompt l'idée. Bien entendu, il savait que la majorité n'est pas à l'abri de la déraison et qu'il faut, à bien des égards, se méfier de la loi du nombre, mais qu'on ajoutât la forfaiture à l'imperfection paraissait à John tout à fait superflu.

« Bonne chance, madame », avait-il pensé en quittant la faculté ce jour-là.

Genève

— Je ne peux pas me contenter de cela, Édouard.

La boutique, qui bruissait à l'heure du déjeuner, était redevenue silencieuse. Irina avait éteint la musique de fond et, le nez au-dessus de sa salade de quinoa, écoutait Édouard lui parler de choses et d'autres. Fidèle à son habitude, il discourait sans discontinuer. La fondation, les projets en Afrique, le jardinier et le texto du cadet ; les sujets s'enchaînaient les uns aux autres. Son laïus ne se suspendait que pour laisser passer la fourchette. Il parlait vite, mangeait avec empressement, sauçait ses plats à net, ripolinait les cuillères et léchait les opercules. Ce n'est qu'au café que la parole revenait enfin à son interlocuteur. Elle avait donc patiemment attendu que le repas fût terminé pour répéter :

— Je ne peux pas me contenter de cela, Édouard. Je travaille six jours par semaine dans la boutique et, le dimanche, je m'occupe de l'administratif et de la comptabilité. Malgré cela, je n'en retire qu'un tout petit revenu parce que la boutique est trop petite. Il faut que l'on s'agrandisse. Si nous avions plus de place, je pourrais étendre la gamme de produits et nous ferions plus d'argent.

— Tu es indépendante et tout ce que tu gagnes te revient puisque j'assure nos frais de vie. Ce n'est pas suffisant ?

— Si tu venais à me quitter, je me retrouverais comme une équilibriste sur une corde à linge.

Lorsqu'elle avait voulu créer sa boutique, Édouard avait avancé une partie des fonds nécessaires. Cela n'était pas allé de soi. Irina avait déjà longuement argumenté. Elle avait, par ailleurs, énuméré le nombre de fleuristes et de décoratrices d'intérieur que l'époux fortuné avait trouvé légitime de sponsoriser et n'avait pas hésité pas à nommer quelques banquiers connus pour avoir financé les projets, parfois mégalomanes, de leurs amantes. Elle avait de l'énergie et des idées, avait-elle dit ; se salir les mains pour construire une maison ne lui faisait pas peur, mais elle avait besoin qu'on lui fournisse de quoi acheter les briques et du sable.

— Irina, je t'ai déjà aidée à monter cette affaire.

— Et je t'en remercie, mais il faut voir plus grand.

Édouard était fatigué de ces discussions qui revenaient comme une rengaine. Lui incombait-il de compenser les circonstances peu avantageuses de sa naissance à elle ? Quel était le juste prix qu'il devait payer pour bénéficier de la compagnie, de la joie et de la volupté de cette femme ? Et à quoi reconnaît-on la frontière qui délimite la générosité de la bêtise ?

— Si je partageais tes origines et que j'avais ton âge, lui avait-elle balancé, si j'étais protestante jusqu'au fond du sucrier et de bonne famille, tu n'hésiterais pas autant.

La remarque n'était pas dénuée de sens, mais elle tombait à côté. Devant une porte fermée, elle essayait, frustrée, toutes les clés du trousseau.

— C'est à croire que tu as besoin que je dépende de toi. Tu as le syndrome du saint-bernard.

— Je remue trop la queue ?

— Tu n'aimes jamais quelqu'un autant que lorsqu'il a besoin de toi. Tu t'entoures de gens à qui tu peux dispenser ton aide pour te sentir aimé et utile ; les pauvres Africains, ton jardinier polonais, moi. Tu es un grand narcissique dans une quête insatiable de reconnaissance.

Il rétorqua sèchement :

— Ne crois pas que la lecture de *Psychologies magazine* te mette en capacité de poser des diagnostics pareils. C'est insultant à la fois pour les psychologues de profession et pour ton intelligence.

— J'assouvis tes fantasmes et je chasse la solitude qui t'effraie, mais je le fais sous condition, Édouard.

— On en est là ? Pas de fric, pas de cul ?

Elle portait en elle une peur tenace et un désir de revanche obsédant ; il lui fallait mettre sa vie à couvert. Elle réclamait qu'il lui offrît les moyens d'échapper à tout jamais au manque, au besoin, à la dèche, au cumul des emplois, au travail de nuit, à la précarité, à la honte et à l'aridité des jours sans pain.

— Fais-en sorte que notre association qui te rend heureux aujourd'hui ne soit pas l'antichambre de mon indigence future.

— Si je te donne ce que tu me demandes, je ne pourrai plus croire à l'innocence et à la sincérité des sentiments qui nous lient. Tu as mon temps et mon attention, mais tu n'auras pas plus de fonds de ma part pour cette boutique. Je serai pour toi un tremplin, jamais une béquille.

Irina serrait les dents, tandis que son regard furibond sautait d'un œil à l'autre de son partenaire. Il lui restait une clé et assez de superbe, croyait-elle, pour faire enfin sauter le verrou. Les mots sifflèrent comme le couperet d'une guillotine :

— Peut-être alors est-il temps de faire une pause.

La conversation s'était suspendue. Le caractère pathétique de la suggestion avait jeté un voile sombre sur le visage d'Édouard. Un orgueil forcené aussi pesant qu'une enclume l'empêchait de s'excuser ; son âme slave lui murmurait que les torts inavoués n'existent pas.

Édouard avait quitté le magasin sans ajouter un mot. Elle l'avait regardé s'éloigner.

Deux jours plus tard, sans avoir reparlé à Édouard qui avait disparu, elle s'était envolée pour la foire internationale de la maison et de l'objet de Hong Kong. Le voyage était prévu depuis des mois. Dans l'avion, le siège vide d'Édouard lui rappelait qu'elle avait mal agi. Elle ne dormait pas et ce fut quelque part au-dessus du Tadjikistan qu'en feuilletant *Psychologies magazine*, sa gorge se noua à la lecture du titre d'un article : « Notre enfance : cette maladie incurable qui fait souffrir les autres ».

Dans l'avion

Le départ de Melania pour la conférence des Femmes d'Influence de Hong Kong avait fait l'objet de dissensions dans les couloirs du 1600. Les négociations commerciales avec l'Empire du Milieu avaient été compliquées par les propos virulents de Donald à son encontre tout au long de sa campagne électorale, puis par les mesures protectionnistes prises pendant le premier acte de son mandat. D'autre part, Pékin n'appréciait pas que la griffe de l'Oncle Sam vienne se planter sur ses flancs, or les tentatives passées de déstabilisation politique, pilotées depuis Washington à travers les mouvements indépendantistes hongkongais, avaient largement justifié son agacement et sa méfiance. L'équipe de Donald craignait qu'un tel déplacement à Hong Kong ne fût considéré par les autorités chinoises comme une provocation et avait incité les conseillers de Melania, Stephanie au premier chef, à décliner l'invitation de la Chambre de commerce américaine de Hong Kong. Donald, qui ne jurait que par les rapports de force, avait tout de même accepté, contre l'avis des membres de son bureau, qu'une délégation se constitue autour de Melania pour l'accompagner à la conférence. Avant cela, il avait tenu à s'entretenir avec elle en privé.

— Mel, qu'est-ce que tu manigances ? Tu détestes les exercices de représentation, l'exposition médiatique et les discours publics. Alors, explique-moi ce que tu veux aller faire à Hong *fucking* Kong. Et épargne-moi, si tu veux bien, la tartine féministe, parce que tu t'intéresses à cela comme moi à la tante de Mickey Mouse.

— Qu'est-ce que tu en sais ?

— Ah, pour l'amour de Dieu ! La seule chose qui t'importe, c'est ta vie d'avant : Palm Beach et New York.

— Et notre fils, Donald !

Voilà comment la Madone avait l'habitude de clarifier son point de vue : en quelques mots et sans détour. En une seule réplique, elle lui avait rappelé qu'elle ne défendait qu'un parti, celui de Barron.

— Tout ce que je te demande, Melania, c'est de cesser de me saborder constamment. Il y a des échéances électorales importantes à venir.

Dans l'avion qui l'emmenait à Hong Kong, Melania ne parvenait pas à se concentrer sur la revue de presse que lui avait préparée Stephanie et encore moins sur le discours qu'elle aurait à tenir le lendemain. Elle songeait à son mari qui ne s'arrêterait jamais. À mi-mandat, il restait donc deux ans avant la prochaine élection présidentielle. Les partis se mettraient en action dix-huit mois avant le rendez-vous des urnes. Bientôt, les candidats commenceraient à se faire connaître. Donald se représenterait, cela ne faisait aucun doute et elle ne pouvait pas envisager de passer encore six ans à la Maison Blanche. À la fin d'un deuxième mandat, Barron aurait vingt ans. Une adolescence entière passée dans les couloirs de la Maison Blanche, dans les défilés et les congrès où son père requiert sa présence. Ausculté par une partie de la presse, étrillé par l'autre, il grandirait sous une attention médiatique démesurée ; immensément connu sans autre raison que sa filiation. Aujourd'hui déjà, il prenait goût à cette reconnaissance creuse. Tandis que les autres rejetons de Donald, tous adultes, se tenaient autant que possible dans l'ombre du père, Barron baignait dans la lumière des flashs. La médiatisation de sa personne exacerbait son désir d'attention. Il avait commencé à manifester ses irritations avec une mauvaise humeur teintée de malveillance. Un matin que le jus d'orange avait été servi avec de la pulpe, il avait demandé à sa mère de virer le responsable. Elle l'avait immédiatement reconduit dans sa chambre, l'y assignant pour le reste de la journée et lui suggérant de méditer sur les valeurs d'humilité et de compassion. Cela dit, pouvait-elle lui reprocher son attitude, alors que son père avait été élu à la suite d'un jeu télévisé dans lequel il passait son temps à licencier des gens ? L'émission reposait sur l'idée terrible qu'une personne peut tout avoir. Comment ensuite faire comprendre à Barron que le monde n'était pas un marchepied à ses désirs ?

Il était temps d'éteindre la télévision, pensait-elle, et puisque son mari ne le ferait pas de lui-même, c'est elle qui retirerait la prise, pour leur bien à tous.

Stephanie l'arracha à ses germinations intérieures :

— Nous avons reçu un avis de cyclone. Celui-ci, à l'heure actuelle, se rapproche des Philippines. Ni la NASA ni le centre météorologique de Hong Kong ne sont en mesure de confirmer la direction qu'il poursuivra, mais il est très probable que la ville soit frappée par la tornade dimanche. La sécurité suggère de faire demi-tour et de retourner aux États-Unis.

— Dimanche, tu dis ?

— Oui.

— Dans ce cas, ne changeons pas le programme. En revanche, nous écourterons le séjour. Demande à l'équipe de se préparer à quitter le territoire immédiatement après mon intervention demain soir.

Voyant sa porte-parole pâlir, elle ajouta :

— Stephanie, j'affronte des tempêtes depuis deux ans. Et puis, je connais notre hôtel, le Peninsula existe depuis presque un siècle, il ne s'écroulera pas demain.

Hong Kong,
observatoire météorologique

L'observatoire météorologique de Hong Kong recourt à une classification de l'intensité des vents partiellement inspirée de l'échelle de Beaufort, mais se contente de cinq degrés, chacun assorti de recommandations concernant les mesures à prendre.

Le signal maximal, une croix accolée au numéro dix, s'applique aux ouragans et requiert des habitants qu'ils se terrent chez eux et se tiennent éloignés des portes et fenêtres exposées aux vents. Ce que l'avertissement ne dit pas, c'est que tout objet situé en extérieur est un projectile potentiel ; les rafales, montant à 170, voire 250 km/h, charrient d'innombrables corps minuscules capables de crever un œil, briser une tempe, fracturer une côte ou transpercer un poumon. Les terrains glissent, les rivières bouillonnent, la houle lessive les quais, les bourrasques retournent les véhicules et déracinent les arbres, les fenêtres éclatent.

Tout au long de la semaine précédant le déchaînement du cyclone tropical Mangoustan, la ville se prépare au pire. Les surfaces vitrées s'étoilent de ruban adhésif censé en accroître la résistance et retenir les morceaux en cas d'impact. Certaines enseignes font coffrer leurs entrées et leurs devantures. À l'instar des vases communicants, les supermarchés se vident alors que les habitants constituent leurs réserves d'eau, de nourriture, de piles et de gaz.

Au Royal Hong Kong Yacht Club, plusieurs jours durant, les propriétaires de bateau s'affairent. Ils remplacent des cordages, resserrent les nœuds et vérifient les parre-battages.

La compagnie de transport public aménage un bureau de crise. Chaque bouche de métro se pare d'un ourlet vert fait de sacs de sable.

Des milliers de résidents situés dans des zones susceptibles d'être inondées sont évacués par les autorités compétentes.

Feng, chef opérationnel du groupe immobilier Sun Hai Kai, est responsable de la gestion d'une douzaine de gratte-ciel. Son inquiétude porte sur trois points essentiels : l'alimentation électrique, le revêtement en verre de certains édifices et les ascenseurs. Ces derniers posaient problème, comme l'avait révélé Zhang, en charge de l'infrastructure mobile :

— Les vents causant des vibrations latérales des bâtiments, il est probable que nous constations des dysfonctionnements, particulièrement en ce qui concerne les ascenseurs situés dans les étages les plus élevés.

— Les contrôles annuels sont à jour ?

Le silence qui avait suivi cette question valait pour réponse.

— Malheureusement pas, monsieur, avait repris Zhang. Les constructeurs et leurs sous-contractants accusent du retard quant à l'inspection des pinces d'urgence.

— De combien d'unités parle-t-on ?

— Vingt-quatre.

— Nom d'un chien ! Deux douzaines d'ascenseurs vont se balancer dans leur cage et nous ne savons pas si les freins d'urgence fonctionnent ? Mettez-les hors service dès que la tempête passera en catégorie typhon, soit à partir de 118 km/h. Là où cela s'avérera nécessaire, n'en conservez qu'un seul en fonction. Que Dieu nous garde !

Hong Kong

Lorsque, samedi, Mangoustan heurte le nord des Philippines, il produit de colossaux dégâts et tue à tour de bras sans pour autant s'épuiser. À moins de huit cents kilomètres des côtes continentales chinoises, il opère une légère inclinaison de trente degrés sur la droite. Les autorités hong-kongaises savent dès lors que la catastrophe est inévitable. Le huitième aéroport le plus important de la planète commence sa fermeture. Neuf cents vols sont annulés. À minuit, l'interruption totale du trafic aérien cloue encore au sol soixante-trois avions dont un Boeing C-32 portant sur sa dérive le drapeau américain et sur le fuselage le nom *United States of America*. La ligne de train rapide reliant l'aéroport à la ville est fermée. De nombreux passagers resteront dès lors cloîtrés pendant vingt-trois heures dans le terminal aéroportuaire.

Dans quelques heures le vent hurlera dans les rues de la ville avec la force d'une gigantesque meute enragée, mais pour l'instant, la métropole est moins bruyante que d'ordinaire. Le ciel est clair et l'air, débarrassé de sa pollution, cristallin. La cité serait fantomatique si ce n'était ces milliers d'essaims illuminés trahissant l'existence d'êtres humains. Le temps passe et le sommeil, à son œuvre discrète, creuse dans l'éclat des ruches de sombres parcelles. Les agents de la nuit murmurent une berceuse ; léthargiques, les hommes progressivement renoncent et les loupiotes s'éteignent les unes après les autres. Le loup est aux portes de la ville, mais il n'y a plus rien à faire désormais.

Le dimanche matin, quand les Hong-Kongais se réveillent, l'horizon a disparu. La ville baigne dans une clarté laiteuse. Les arbres s'agitent comme des aliénés ; une invisible brute les tire par les branches. Quantité d'hélices, grues-girouettes, virevoltent au-dessus du sol. La pluie s'est muée en brassées de riz que le vent crache sur tout ce qui se dresse. L'eau vole si violemment à travers les rues que l'on croirait qu'elle fuit. Elle se mêle aux débris, à la terre et fouette la ville dans un bruit inouï.

Dans la salle de crise de l'observatoire météorologique de Hong Kong, Wei suit l'évolution du typhon. Il est inquiet. Sa mère est un peu dingue ; du genre à sortir danser sous le déluge, alors il l'a enfermée en lieu sûr. Il ira la chercher demain matin. Il n'a pas eu le choix ; les voisins, il ne les connaît pas, et aucune aide à domicile n'a accepté de se déplacer. Il appelle régulièrement sa mère. Il prie pour que les réseaux de télécommunications résistent. Sur son écran, les pixels colorés donnent au cyclone l'apparence d'un arc-en-ciel vertigineusement enroulé autour d'un œil paisible et bleu. Il lui semble que la terre s'est creusé un judas à la surface.

Dans un autre coin de la ville, Feng est tendu, les nerfs brûlés par l'anxiété. Il échange des messages avec ses collaborateurs. Douze édifices sont sous sa responsabilité ; des habitations, des hôtels, des bureaux, des commerces. Une fenêtre cède, un arbre tombe, une pierre est emportée, l'unité externe d'un climatiseur se détache et il pourrait avoir à compter des morts. Et puis, il songe aux ascenseurs qui n'ont pas été inspectés à temps. Il voit ces gros pendules osciller dans leur gaine et tutoyer le précipice. Le téléphone sonne. Zhang est en ligne. En portant l'appareil à son oreille, Feng sent sa nuque se raidir : les ennuis commencent.

Hong Kong,
hôtel Kowloon, chambre 503

Tous les clients de l'hôtel avaient été invités à rester dans leurs chambres. Puisque, prise en otage entre ciel et sol, il lui fallait attendre, Irina s'était calfeutrée dans la salle de bains avec une bouteille d'horlika, vodka ukrainienne brûlante qui cuit la gorge et réveille les morts. Aujourd'hui, le Diable et Dieu pouvaient bien tout emporter dans leur gigue assourdissante, elle n'en avait rien à faire. Ils pouvaient venir, l'un et l'autre, remonter par la tuyauterie, se glisser sous la porte, se pendre aux lampes : elle avait des choses à leur dire. Aujourd'hui, il soufflait moins dehors qu'en elle-même.

Elle faisait cela quand le blues la prenait. Buvant aux vivants, aux morts, aux malades, aux oiseaux et à la pierre – chez elle, on boit toujours pour une raison –, elle levait le bras au ciel et le ciel lui répondait en envoyant des cortèges de souvenirs. Ils dansaient alors autour d'elle et la mélancolie lui faisait un joli manteau.

Oh, l'oncle Yuriy qui avait voyagé dans toute l'URSS et pour qui, à chaque retour, on sortait le tourne-disque. Il avait des histoires plein la caboche et l'éloquence des passions. Avec lui, la moindre anecdote prenait des allures épiques et les toasts se faisaient philosophiques : « Je rêve d'une maison sans en avoir les moyens. J'ai les moyens d'avoir une chèvre, mais je n'en rêve pas. Buvons à ce que nos rêves s'accordent avec nos moyens ! » Et les shots montaient aux lèvres. « Buvons à l'amitié ! », « Aux parents ! », « Aux femmes ! », « Aux défunts ! ». Invoqués tour à tour, les ancêtres, les disparus, les amours passées et les espoirs futurs surgissaient au milieu des gueuleries du salon. À chaque nouvelle brinde, la pièce s'emplissait. Aux vivants s'ajoutaient les absents ; joyeux revenants et tristes fantômes se serraient les uns contre les autres dans la minuscule pièce. Qu'est-ce qu'il faisait chaud ! Enfin, il arrivait toujours un moment où le père de Nacha, à qui l'alcool avait rendu la parole, faisait résonner une note amère et politique. Lénine, Staline et Trotski débarquaient : « J'ai connu un père qui avait deux fils. Lorsque le père mourut, l'un des frères fit tuer l'autre et, pour dissimuler son crime, planta une fleur sur la tombe du père. Malheureusement, la main fratricide avait contaminé la graine et si la fleur était belle, elle puait terriblement. » L'assemblée, suspendue à ses lèvres, attendait la chute en craignant le pire. Les yeux du père roulaient dans leur orbite humide, puis il concluait rapidement : « Buvons à ce que je n'ai pas de fils ! »

Il buvait finalement seul, les uns raclant le fond de leur gorge, les autres toussant, les yeux baissés. Yuriy qui connaissait son frère conservait un bon toast en réserve ; de quoi relancer la machine et la conversation : « J'avais trois choux. Le percepteur est passé et m'en a pris un premier. Un mois plus tard, une jambe dans le plâtre, il est revenu clopin clopant m'en prendre un deuxième. J'ai entendu aujourd'hui qu'il s'était cassé l'autre jambe. À la bonne heure, j'aurai à manger ce mois-ci ! Buvons à ce que les hommes n'ont que deux jambes ! » « Buvons ! » avaient-ils tous crié, invariablement raccord sur l'aspect excessif des taxes.

La boîte crânienne d'Irina bruissait de ces théâtrales réminiscences et elle riait. Elle riait à en pleurer. Elle levait son verre à Nacha, qu'elle avait injustement laissée au pays. Elle implorait son pardon. La fatigue de se fuir elle-même, ce soir, la submergeait. Elle n'en pouvait plus. À cette table, elle avait cent ans, peut-être mille ans. Dans cette vallée de regrets, une silhouette s'était avancée parmi les brumes éthyliques. Une ligne familière, une voix à la sienne tout à fait identique :

— Bonsoir, Irina.

Les yeux bleus étincelant posés dans le vide, Irina avait le regard des aveugles ou des médiums. La silhouette poursuivit :

— Pardon pour quoi ?

— Je me suis trompée, Nacha. Je me suis tellement trompée. Je suis une fille de la campagne, une fille de paysan. Qu'est-ce que je connais, moi, de la fortune et des chemins qui y mènent ? Je vous ai tourné le dos. J'ai couru devant moi, aussi loin que possible.

— Et ?

— Et regarde-moi. Je ne suis rien. J'ai trente-sept ans. J'ai fui la pauvreté pour tomber dans la dépendance. Je t'ai doublement trahie. Je suis une vendeuse, Nacha, une vendeuse. Tu veux savoir de quoi ? De foulards, de tasses à messages, de coussins et de bougies. Je n'ai pas de terre, pas de maison, pas de voiture. Je me suis crue maligne avec mon joli visage. J'ai cru qu'il me dispenserait d'avoir à prendre la longue route, la pente ardue. C'était le leurre des leurres. Je n'étais pas assez belle pour amener les hommes à mourir à mes pieds et trop belle pour ne pas tenter le coup. Je pensais détenir de l'or quand ce n'était que de la menue monnaie. J'avais des rêves, je n'en avais pas les moyens.

— Il te reste du temps.

— Le temps est un percepteur auquel j'ai déjà donné deux de mes trois choux. Il viendra bientôt prélever le solde.

— Pour l'instant, il est encore dans le plâtre.

— Alors buvons, Nacha, buvons !

— À quoi donc ?

— *Na posochok !*

Le dernier verre se boit toujours « *Na posochok* » ; pour un chemin de retour sans encombre.

Hong Kong, bar de l'hôtel Kowloon

Depuis Bali, Laure n'avait pas passé une journée entière seule avec sa sœur. Cantonnées à l'intérieur de leur hôtel, lui-même enserré de bâtiments, elles ne voyaient rien de la gigantesque partie de jonchets qui se déroulait sur les escarpements de la ville, des toitures à la dérive et des pontons soulevés par d'incessantes chiquenaudes océanes. Pour toute fenêtre sur les événements extérieurs, des chaînes d'information en continu diffusaient sur des écrans muets les images saisies par des habitants de la ville.

Le petit déjeuner terminé, les deux femmes avaient pris place au bar et ne s'en étaient distancées que pour s'abîmer, grises et joyeuses, sur des fauteuils voisins sans grande noblesse.

Avec une rigueur de comptable, elles avaient parcouru l'ensemble des bars listés par Isabelle. Depuis leur arrivée, les soirées n'avaient été qu'une succession de virées dans des lieux tous plus extravagants les uns que les autres : une cale de péniche renversée, tapissée de scarabées dorés, un cabinet de curiosités animé par de bizarres danseuses encagées ou d'anciennes fumeries d'opium.

Complices et solidaires, elles s'étaient marrées comme des bossues en renouant avec le goût immodéré de la jeunesse pour la critique et les jugements. Tout y était passé : les patrons, les maris, les amants, les parents, les gamins, les seins refaits, les nez à refaire, les projets avortés, les occasions manquées et les rêves en suspens.

Pendant ce temps, les parents appelaient et les amis écrivaient. Pour chacun d'eux, prises dans un furieux coup de chien, Laure et Isabelle étaient rincées, trempées et ballottées ou, pour le moins, sérieusement angoissées. Espiègles, elles ne démentaient rien.

— On devrait les rassurer, ce n'est pas bien, dit Laure en rougissant.

— Vois cela comme un service ; nous leur offrons un sujet de discussion en or pour leur prochaine pause-café.

Les fesses sur le velours et la tête dans le coton, elles se trouvaient pleines et réjouies. Elles avaient dressé le bilan de leur séjour sur terre et le catalogue des souvenirs qu'il restait à construire. C'était décidé : le cafard, les regrets, les remords, les mensonges, les faux amis, les faux-semblants, les esprits chagrins, elles s'en délestaient là. Isabelle se redressa sur son siège et prit un ton emphatique :

— C'est tout le mal, Louloute. Tout ce dont on ne veut plus ; la somme de nos peines. On la laisse ici, dans la tempête. Ça ne revient pas à la maison avec nous.

— OK, répondit Laure en pouffant.

— Promis ?

— Promis !

— Juré ?

— Juré !

— Vas-y, crache !

Hong Kong,
hôtel Peninsula, suite présidentielle

Quel spectacle ! Plus grandiose qu'une œuvre de Wagner, plus fascinant que les guerres antiques ; la nature impétueuse et frénétique.

À l'avant-dernier étage de l'hôtel Peninsula, les baies panoramiques de la suite qu'occupait Melania lui assuraient un point de vue sensationnel sur le détroit séparant l'île de Hong Kong de Kowloon. Face à elle, la mer infiniment marbrée projetait sa langue sur les quais pour en lécher le sel et le bitume. Les vagues entêtées roulaient, moutonneuses, jusqu'aux fondations des immeubles. Des êtres fluides, spectres relâchés de quelque geôle marine, exécutaient au-dessus de l'eau de captivantes sarabandes avant de s'évaporer totalement. Sachets plastique et feuilles de papier, mouettes d'un genre nouveau, traversaient le paysage. Ici et là, d'immenses échafaudages que des souffles canailles déshabillaient de leur jupe verdâtre exposaient impudiquement leurs entrailles de bambou. Les buissons et les plates-bandes, coiffés dans un sens, peignés dans l'autre, chatoyaient sous le vent indécis.

De son appartement chic, la fureur qui s'abattait sur Victoria Harbour lui paraissait être une animation offerte par l'établissement à ses hôtes les plus prestigieux. Elle n'avait jamais vu pareille scène. Le monde semblait s'entraîner à finir. Devant elle se jouait l'épilogue des hommes ; l'apocalypse répétait à ses pieds.

Tandis que les eaux d'en haut et celles d'en bas lessivaient la ville, Melania songeait à cette idée folle portée par les réseaux sociaux, reprise par son père et validée par le professeur. Il se pouvait bien que ce typhon, ce remue-ménage de la nature fût le signe attendu, un ultime et grandiloquent encouragement du ciel. À moins que ce ne fût une mise en garde. En proie au doute, Melania s'était isolée dans sa chambre à coucher. Les genoux posés sur un coussin au sol et le menton contre ses mains jointes, elle priait. Une fois encore, une fois de plus, elle se tournait vers la Vierge et son fils pour qu'avec l'aide de Dieu tout-puissant, ils lui montrent le chemin. Eux sauraient la conseiller. Ils l'avaient bien fait jusque-là ; qui d'autre sinon avait pu la conduire de Novo Mesto à Washington, en passant par la 5e Avenue à New York ? Son libre arbitre ? Le hasard ? À d'autres !

Hong Kong, bar de l'hôtel Kowloon

Pour compenser la privation de liberté que les contingences météorologiques avaient imposée à l'ensemble de la clientèle de l'hôtel, la direction avait fait servir du champagne en flot ininterrompu. Encouragées par cette prodigalité, et à croire qu'elles s'étaient donné pour défi d'épuiser les réserves de l'établissement, Isabelle et Laure avaient passé une large partie de la journée au bar de l'hôtel à discuter et boire. Puis surtout à boire.

En début de soirée, épuisées, elles avaient fini par retourner dans leur chambre. Isabelle avait sombré dans un profond sommeil, mais Laure ne s'était étendue qu'une petite heure. Ses cinquante-sept ans s'accordaient mal à la quantité d'alcool ingérée. Le gaz du mousseux gonflait sa tirelire et cognait dans l'estomac ; ça grondait en fond de cale. Se glissant hors de la chambre en silence, elle redescendit au bar en quête de bicarbonate ou d'un quelconque analgésique.

Passant devant la salle du déjeuner attenante au bar, elle tomba sur le message d'une pancarte suspendue : « Lors d'une tempête, on peut trouver la tranquillité au cœur même du typhon » – *Jiang Zilong*. Elle trouvait cela fascinant ; chaque matin, un employé de l'hôtel prenait la peine de choisir une citation et l'inscrivait à la craie sur un panneau situé à l'entrée de la salle de repas. La veille, l'improbable grapheur avait été inspiré par William Shedd : « Le port est le lieu le plus sûr pour un bateau, mais ce n'est pas pour cela que les bateaux sont faits. » Laure admirait l'érudition et l'éclectisme de celui qui pouvait puiser dans l'œuvre d'un théologien presbytérien américain du XIXe siècle un jour, et dans celle d'un romancier chinois du XXe siècle le lendemain. Laure et Isabelle, quant à elles, ne connaissaient ni l'un ni l'autre ; heureusement, Google les avait renseignées sur les auteurs de ces inspirantes réflexions. De concert, elles avaient fomenté le projet de découvrir, avant leur départ, ce ninja littéraire qui, lorsque la ville était encore plongée dans le noir, calligraphiait avec un soin égal le menu des buffets et le fruit spirituel de quelque penseur illustre. Estimait-il, ce Jedi poéte, avec l'ensemble de l'équipe de cuisine, qu'il était de son devoir de nourrir l'esprit autant que le corps ?

Parvenue à proximité du bar, elle entendit une femme articuler « Pa-ra-cé-ta-mol » au visage d'un serveur hong-kongais dont les connaissances linguistiques ne s'étendaient de toute évidence pas encore aux produits pharmaceutiques.

— *No, no !* Pa-ra-cé-ta-mol ! répéta la jeune blonde au barman.

Celui-ci, en guise de réponse, s'évertuait à pointer du doigt une bouteille après l'autre. Laure s'immisça dans cet échange de sourds :

— *Painkiller !*

Le garçon se mit alors à trifouiller dans un tiroir et en sortit deux sachets qui avaient tout l'air de ce que les deux femmes étaient venues chercher ce soir.

— Qu'est-ce que vous lui avez dit ? demanda Irina.

— *Painkiller* : antidouleur. Vous aussi, vous êtes une victime de Moët & Chandon ?

— Horlika.

— Horli-quoi ?

— Une vodka ukrainienne.

— Ça se trouve dans le minibar, ça ?

Irina sourit et désigna d'un geste fatigué une bouteille encaissée sur un haut rayon, de l'autre côté du comptoir. Le barman posa un verre d'eau devant chacune d'elles, y versa le contenu des sachets et touilla le liquide effervescent à l'aide d'une longue cuillère. Ensemble, elles levèrent le coude en l'air et avalèrent la potion avec la simultanéité des meilleures athlètes de natation synchronisée.

— Je croyais que la vodka n'engendrait pas de gueule de bois, dit ensuite Laure.

— Je croyais que « paracétamol » se prononçait partout de la même manière. Voyez ! On est souvent abusé.

L'échange entre Irina et Laure aurait pu s'arrêter là, mais puisque le vent soufflait toujours, puisque la nuit était tombée et puisque le cœur cherchait à se livrer, elles restèrent côte à côte un instant encore, à peine le temps de trouver un peu de courage.

— Est-ce que vous avez des rêves ? demanda Irina, brûlant tout préliminaire.

— Je ne rêve plus beaucoup, mais je suppose qu'à votre âge, j'en avais.

— Qu'est-ce qu'ils vous ont coûté ?

— Je suis encore en train de faire l'addition.

— Moi, petite, je voulais être une princesse. J'espérais qu'un chevalier me choisisse pour ma beauté et mes belles manières, et m'emporte avec lui dans son monde féerique.

— Foutu Walt Disney !

— Ouais !

Laure n'avait jamais rêvé de nobles et de castels. Elle se souvenait que jusqu'à l'âge de seize ans, elle aurait tué pour devenir Clodette. Ni plus ni moins. Elle avait couvert le mur de sa chambre de posters à l'effigie de Claude François et avait appris, de manière consciencieuse, chorégraphies et chansons. Sa garde-robe se composait exclusivement de T-shirts et de pantalons courts en satin de polyester qu'elle déclinait dans tous les coloris possibles avec une nette préférence pour le jaune et le bleu électrique. 1978 avait été son *annus horribilis* ; une applique électrique dans la salle de bains de l'artiste avait mis fin à son utopie.

Le décès de Claude, terrible crève-cœur, avait eu raison de son goût pour le spectacle. Elle avait dès lors préféré orienter sa curiosité vers des matières qu'aucune électrocution ne viendrait jamais réduire à néant.

À dix-huit ans, passionnée par les gorilles de Fossey, elle voulait être zoologiste. À vingt ans, le discours de Badinter pour l'abolition de la peine de mort en France lui avait fait quitter la biologie pour le droit pénal. Elle achèverait finalement des études de lettres avec la vague ambition d'assumer un jour la direction de la Société de Lecture de Genève. Le temps qui passe rétrécit les rêves.

— J'ai rencontré mon époux à l'université. Nos licences en poche, nous nous sommes mariés. Deux ans plus tard, j'avais mon garçon. Vous avez des enfants ?

Irina sentit les traces d'une morsure ancienne se raviver. Elle susurra :

— Je ne peux pas.

— Ah !

— Quatre curetages. Dans mon cas, c'était un de trop. Nous étions quelques-unes à penser que l'avortement valait contraception.

— Je connais, répondit Laure en fixant le cuivre du bar.

— Vous n'avez pas l'air d'une femme qui…

— Ça ressemble à quoi, une femme qui ?

Face au silence d'Irina, Laure poursuivit :

— J'avais déjà rencontré mon futur époux, mais nous n'avions pas terminé notre cursus académique. Nous étions des gamins, ce n'était pas le moment. C'était dans les années quatre-vingt. Ça n'a pas été une partie de plaisir.

Le barman remplit à nouveau leurs verres d'eau.

— Ces trois enfants que je n'ai pas eus, dit Irina, se rappellent souvent à moi… Le patelin de mon enfance, mes parents… Tous me questionnent. Ils me demandent si les choix que j'ai faits ont porté leurs fruits, si je suis arrivée là où je le souhaitais.

— Et que leur répondez-vous ?

— J'aimerais leur dire que oui, mais je crains bien que non.

— Mandela disait : « Je ne perds jamais. Soit je gagne, soit j'apprends. »

— C'était celle de vendredi matin, non ? La pensée du jour sur le petit tableau du déjeuner ?

Laure sourit et leva le front vers l'écran de télévision fixé dans un coin du bar. La chaîne d'information relayait la visite expresse de la Première dame. Il s'agissait d'un montage de différentes séquences : Melania débarquant à Hong Kong, Melania devant son hôtel et Melania tenant un discours. Le sujet se terminait avec un plan serré sur les fenêtres de sa suite, suivi d'un plan large incluant le ciel gris et la mer déchaînée.

— Quand mon mari m'a quittée, confessa Laure sans lâcher des yeux l'écran, je suis tombée sur une vidéo d'elle refusant de prendre la main de Donald. Allez savoir quelle couleuvre elle avait dû avaler, ce jour-là. Toujours est-il que, face aux caméras braquées sur eux, devant les représentants politiques et militaires venus les accueillir, elle s'est autorisée à punir publiquement son époux, un des hommes les plus puissants du monde.

— Et ?

— Ça m'a fait réfléchir ! J'aurais voulu que notre séparation soit retransmise à la télévision, que le monde entier voie mon époux mettre fin à notre couple, voie comment il est possible de passer, en un instant, de l'état de femme et de mère à celui de vieille vache laitière inapte au job. J'aurais aimé que mon homme prenne le temps de présenter aux téléspectateurs la nouvelle génisse sélectionnée pour me remplacer. Alors, je me serais levée sans rien dire. La régie aurait commandé un gros plan sur mon visage. Je me serais approchée de lui d'un pas lent et lui aurais mis une retentissante mandale ; une leçon en mondovision destinée à toutes les jeunes filles naïves.

Irina approuva d'un hochement de tête et ajouta :

— Et moi, j'aurais acheté le DVD !

Elle avait compris intuitivement quel avait été le parcours de Laure ; celle-ci portait le tatouage des existences sacrifiées au nom d'un idéal domestique. Irina se démenait si fort pour éviter l'injure et l'injustice que Laure avait subies.

— Dépendre de son compagnon est un danger considérable, dit Irina. Les hommes n'ont pas de mémoire et encore moins de reconnaissance. L'égoïsme est dans leur nature. Ils ne partagent que le surplus, ce dont ils peuvent se passer, jamais ce dont ils ont besoin. Et puis, qu'est-ce qu'ils sont paternalistes ! Il nous faut constamment en appeler à leur bienveillance, flatter leur sentiment de grandeur et feindre de les penser magnanimes. La relation amoureuse est une fabrique de servitude féminine volontaire. Les femmes sortent toujours perdantes de ce jeu de dupes. Moi, je ne donne rien pour rien. Croyez-moi, je tiens un décompte précis de mes largesses.

— Au fond, vous êtes devenue une comptable.

— Diplômée !

Laure n'était pas sûre de l'envier ; la jeunesse et l'amertume ne devraient pas faire couche commune.

— Le couple n'est pas toujours une étuve à malheur. Il y a beaucoup de satisfaction à tirer de cette forme d'investissement personnel. Je ne regrette pas mon rôle de compagne et de mère, mais sans doute n'aurais-je pas dû mettre tous mes œufs dans le même panier. Cela dit, notre mode de vie était le fruit d'un choix que nous avions fait ensemble. J'ai respecté ma part du contrat et j'ai donné le meilleur de moi-même. Je me suis appliquée. Longtemps, cela m'a procuré du plaisir.

— Et tout cela pour quoi ?

Cette réplique renvoya Laure aux raisons qui l'avaient amenée à retrancher une part importante de sa vie au profit d'un projet familial.

— Ma sœur et moi avons été élevées par des parents aimants qui, malgré une infinie bienveillance, voyaient essentiellement en leurs filles de futures mères. L'ambition et sa loi des échelles ne s'appliquaient pas à nous. L'instruction, c'était pour la forme. On ne s'attendait pas à ce que nous fassions carrière. Dans d'autres circonstances, j'aurais pu devenir quelqu'un. La génération dont vous faites partie a, d'une certaine manière, retenu la leçon.

— On vous a vengées, dit Irina en souriant.

— Vous croyez ? Regardez-nous ! Des chemins différents et pourtant nous nous retrouvons toutes les deux seules à ce bar.

Irina lui raconta ensuite ce rêve qu'elle faisait souvent : elle était au bord d'une falaise avec son compagnon. Joyeux, ils se tenaient par la main et s'apprêtaient à sauter ensemble dans la mer, mais au moment fatidique, un vertige violent s'emparait d'elle, la faisant reculer.

— Lorsque je me réveille, je me dis qu'avec le partenaire idoine, je sauterais certainement.

— C'est curieux ! dit Laure. Je souffre de ne pas avoir eu assez d'emprise sur mon existence et vous, vous crevez de vouloir en avoir trop… La peur du vide, c'est celle de la perte de contrôle…

Estimant que la conversation, à ce point, risquait de pénétrer des contrées trop sensibles, Irina marqua la limite de ce voyage confessionnel :

— Je vois qu'on lit les mêmes magazines.

Laure opta alors pour un échange de civilités plus légères, puis, lorsque les bâillements de l'une répondirent aux bâillements de l'autre, elle décida de mettre fin à cette rencontre aux vertus thérapeutiques.

Irina osa encore une question :

— Qu'est-ce que vous auriez fait ensuite ? Je veux dire : après la gifle à votre époux, en quittant le plateau ?

Laure réfléchit un instant.

— Je serais partie dans les montagnes des Virunga.

— Hmm.

— Vous ne savez pas où ça se trouve, je me trompe ?

— Aucune idée, avoua Irina.

— Au Rwanda.

— Et pourquoi le Rwanda ?

— Pour les gorilles ! J'aurais renoué avec ce projet de jeunesse ; aller à la rencontre des primates. C'est cela que j'aurais fait. Parce que pour Claude, de toute manière, c'est plié !

Elle prit congé de sa confidente de comptoir.

— Peut-être nous recroiserons-nous, un jour, sobres et reposées.

— Au Rwanda ? Ça m'étonnerait !

— Je passerai vous voir à la boutique. Je ne sais pas encore quand, mais j'y viendrai. D'ici là, dit-elle en souriant, je garderai le souvenir d'une princesse qui attendait son preux chevalier en criant « paracétamol ».

Irina la regarda s'éloigner en direction des ascenseurs, les pieds traînant sur l'épaisse moquette. Elle, en revanche, demeura longtemps accoudée au bar, méditant les propos échangés. Le silence qui suivit le tête-à-tête avec Laure semblait apporter des réponses à des questions qu'elle ne voulait pas se poser. Au moment de remonter dans sa chambre, elle découvrit devant le salon du déjeuner la dernière griffe du philosophe de la maison : « Ne gâchez pas ce que vous avez en désirant ce que vous n'avez pas » – *Épicure*.

Hong Kong, observatoire météorologique

Wei était épuisé. Claquemuré dans une salle ombreuse de l'Observatoire, il avait passé près de quarante-huit heures d'affilée à étudier un gigantesque derviche tourneur sur les écrans radar et à répondre aux sollicitations des diverses cellules de crise de la ville.

Désormais le typhon était passé. Debout dans un couloir du bâtiment, mutique et abruti de fatigue, il observait par une fenêtre les ravages que la tempête avait causés au parc boisé à l'arrière duquel était implanté le centre de contrôle. La lumière froide du jour naissant lui picotait les yeux. Il mit sur le compte de la clarté crue l'évanouissement du sentier qui, d'ordinaire, scarifiant le bois, reliait l'Observatoire à l'artère principale du quartier. Puis il comprit que la tortille de terre était recouverte d'un enchevêtrement de déchets végétaux. Il retourna à son bureau, prit son téléphone et composa le numéro de sa mère avant de raccrocher ; elle devait sans doute dormir encore. Il la réveillerait à son retour.

— Salut, les gars, dit-il en accueillant les collègues venus, au point du jour, relever l'équipe que la tempête avait condamnée au piquet pendant deux jours et deux nuits. Je ne suis pas mécontent de vous voir.

— C'est un sacré merdier dehors, lui répondit Sting. Il nous a fallu une heure rien que pour nous frayer un chemin à travers les branches du parc. Bien, briefe-moi rapidement et rentre chez toi. Au fait, ta mère se porte bien ?

C'est que la mère de Wei, c'était quelque chose. Elle avait perdu son mari et sa tête la même année. À la voir, elle n'avait pas l'air folle. Le jour, ça allait. C'est au milieu de la nuit qu'elle virait zinzin. Une fois, sortie en silence de son lit, elle s'était glissée hors de l'appartement et avait pris l'ascenseur. Wei l'avait trouvée au point du jour, les pieds en charpie. Devant la résidence, elle se dandinait sur un rythme imaginaire, exécutant en pyjama une chorégraphie pour un rare public de noctambules.

— Maman, qu'est-ce que tu fais ? lui avait-il demandé.

— Ils ont ouvert la cage aux tomates, mais je n'étais pas dedans, lui avait-elle répondu avec un regard ahuri.

Après avoir quitté son poste, franchissant à son tour l'obstacle feuillu qui s'était formé sur le chemin, il s'étonna que ce foutoir fût l'œuvre de la montagne de chantilly qu'il avait eue devant son menton pendant deux jours. Les oiseaux passaient, rapides, devant les fenêtres brisées et se posaient sur les racines déterrées. Wei se demandait où donc s'étaient cachés les piafs, la veille ? S'étaient-ils rassemblés dans l'œil tranquille du cyclone, y formant un corps biologique, une pupille de becs et de plumes ? Avaient-ils piqué vers d'opiniâtres arbustes au ras du sol ? Peut-être avaient-ils simplement pris leur week-end, loin de la ville.

Les transports publics étant largement empêchés, il ne restait à Wei, pour retrouver sa mère, qu'à renouer avec la marche. Il croisa sur le chemin quelques lève-tôt, sortis filmer les dégâts à l'aide de leur téléphone portable. Il vit les camions de la voirie s'affairer à désobstruer les six cents rues des câbles électriques tombés, des échafaudages effondrés, des arbres arrachés. Immanquablement, ses chaussures foulèrent les scories d'un colossal *botellòn.* Dragons et Yaoguai avaient réveillonné dans les rues de Hong Kong. Leur furieux cortège, carnaval dégradant, avait laissé partout un fatras de ramures et de cartons défaits. Par endroits, de la boue chemisait de brun les vertes plates-bandes. Un tapis de détritus tapissait les rues et les aires de stationnement sur près de deux kilomètres ; battus pendant des plombes, les flots avaient fini par renarder sur le macadam des milliers de bouteilles en plastique, vieilles de plusieurs années, ainsi que des millions de fragments de polystyrène. Cette curieuse exposition, sidérant retour à l'envoyeur, lui souleva le cœur. Wei traversa cette vaste indigestion blanche en pressant le pas.

Au détour d'une rue, un abri éventré donnait à voir ses entrailles de chaises et de commodes. Wei trébucha sur un étui à violon vide et sourit à l'idée que le responsable de ce chaos fût un typhon mélomane.

À l'angle de l'hôtel Kowloon, levant la tête, il aperçut, figée derrière une fenêtre de l'établissement, une blonde *gwai pouh*, une femme blanche. Statufiée, seuls de rares mouvements trahissaient sa constitution de chair. Sur le disque pâle de son visage luisaient, incarnats, les yeux de qui a pleuré autant qu'elle a ri. En observant sa peau diaphane et son regard triste, Wei pensa à la Lunarienne Chang'e qui, séparée des hommes, vit une froide éternité dans un palais de jade. En ce matin si singulier où tout semblait renversé, qu'il rencontrât des déesses égarées ne le surprit pas.

Hong Kong,
hôtel Kowloon, chambre 503

Irina se souvenait avoir lu dans un magazine de psychologie que les personnes dotées d'un quotient intellectuel élevé dorment peu. Qu'en était-il, cependant, de celles qui ne ferment pas l'œil de la nuit ?

Après avoir quitté le bar, une fois remontée dans sa chambre, elle avait ressenti un léger picotement dans le crâne. La causerie qu'elle avait entretenue avec Laure avait enclenché une curieuse fermentation ; à l'image du pain, ses idées levaient. La masse indigeste des tristesses se changeait en miches moelleuses, la pâte lourde de la fatalité en tresses dorées. Elle avait porté la mie à ses lèvres et elle en avait aimé le goût acide et salé, la consistance aérée.

Au petit jour, si des arômes délicats se dégageaient d'elle, à la voir immobile devant la baie vitrée de sa chambre, un passant l'eût prise pour un spectre. Pétrifiée par la fatigue, elle mettait de l'ordre dans son fournil secret et promenait son esprit sur quelque paysage intime dont elle prenait doucement congé.

Son esprit, ses épaules et son ventre furent traversés d'un sentiment inattendu, d'un élan pressant ; de la gratitude et de l'amour, peut-être, l'envie de sauver ce qui pouvait l'être encore, en tout cas.

Toute à ses sensations agréables, elle observait la file de voitures garées à l'arrière du Peninsula. Elle savait de quoi il s'agissait ; bloquée dans l'hôtel depuis deux jours, elle avait vu défiler jusqu'à l'agacement les bandeaux des chaînes d'info.

Pour l'instant, un tas de monde piétinait autour des escortes fumantes. Agents de sécurité et policiers semblaient attendre la principale intéressée. Cette dernière n'apparut que pour se glisser rapidement dans son véhicule et le cortège s'ébranla sans attendre. Parti en trombe, le 4 × 4 de tête manqua d'écraser un pauvre garçon inattentif et dut improviser une figure d'évitement. Parfaitement articulé, le convoi qui le suivait exécuta à son tour la chorégraphie imposée avant de disparaître.

La dernière pensée d'Irina avant de filer sous la douche fut pour l'étourdi qui, devant ses yeux, avait trompé la mort. Mais où avait-il donc la tête ? se demanda-t-elle.

Hong Kong, hôtel Kowloon, sur le perron

Absorbé par Irina qu'il avait aperçue derrière une baie vitrée du Kowloon, Wei avait manqué de se faire renverser par une Cadillac dont le fanion américain lui avait méchamment cinglé la main. Miséricordieux envers sa personne, le destin n'avait, cependant, pas épargné ses souliers que les gommes d'un interminable chapelet de limousines noires avaient encensés d'une eau profane. Il se consola en pensant qu'à défaut d'avoir découvert l'Amérique, il en était passé tout près.

Reprenant ses esprits, il songea à sa loufoque de mère qui l'attendait et se remit en marche. La vieille et lui résidaient à l'est de l'île, dans une tour d'habitation à loyer modéré construite sur un polder, mais ce week-end, par mesure de sécurité, il l'avait installée à l'hôtel Kowloon. Avec la complicité de sa petite amie Elisabelle, responsable des banquets de l'hôtel et étudiante en littérature comparée à l'université du soir, Wei avait obtenu, officieusement et à prix dérisoire, que sa maman logeât, cette fin de semaine, dans une chambre fermée de l'extérieur. Elisabelle, que la tempête retiendrait à l'hôtel, s'assurerait que la daronne reçoive à manger et se porte bien.

Devant l'entrée du Kowloon, il aperçut un attroupement ; des officiers de police maintenaient les passants à l'écart tandis que portiers et voituriers filtraient les clients. Ceux qui restaient dehors vociféraient dans des langues inconnues de Wei. Ça piaillait comme sur les rives du lac Wolong en période de migration. Sirènes hurlantes, des véhicules de secours vinrent se garer aux portes de l'immeuble duquel sortit un groupe des sapeurs-pompiers équipés de haches et coupe-boulons. Wei qui cherchait à se frayer un passage parmi les observateurs s'immobilisa lorsqu'il vit des ambulanciers évacuer un cadavre sur une civière.

— Que s'est-il passé ? demanda-t-il à un voisin.

— Un ascenseur s'est écrasé au sol avec quelqu'un dedans. Ils ont sorti l'écarteur hydraulique pour dégager la personne

L'identité du pauvre diable était soustraite à la vue du public par une couverture.

— Un homme ou une femme ? demanda Wei, en retenant sa respiration.

— Je ne sais pas. Même pas sûr qu'eux le sachent, dit-il en désignant les flics. Pour peu qu'elle ou il soit tombé des derniers étages, ils ont dû récupérer une purée de tomates.

Wei s'empara de son téléphone et composa le numéro de sa mère d'une main tremblante. Sa nuque cassée en arrière, il fixait du regard la façade de l'hôtel. Sa mère ne décrochait pas. Son amie Elisabelle, elle aussi, restait injoignable. « Une purée de tomates », avait dit l'autre.

Hong Kong, hôtel Kowloon, toujours sur le perron

Après deux jours d'enfermement, Laure étouffait. Elle ne s'était assoupie que quelques heures, puis assise sur son lit, avait regardé la poitrine d'Isabelle monter et descendre sous le drap. Elle avait vaguement espéré que sa sœur se réveillât.

— Laisse-moi dormir, je suis faite pour ça, avait-elle murmuré.

Alors aux premières lueurs de l'aube, sans plus attendre sa sœur, Laure avait joué la fille de l'air et s'en était allée rôder dans le quartier qui, déjà, reprenait vie. À son retour, un capharnaüm l'attendait aux abords de l'hôtel.

— Il y a eu un accident ? demanda-t-elle à un homme qui tapotait frénétiquement sur son téléphone portable.

Sans s'interrompre, il lui répéta ce qu'il venait lui-même d'apprendre.

— Oh, mon Dieu. Ma sœur est dans l'hôtel.

— Ma mère également.

Laure courait déjà vers l'entrée. De la réplique du garçon, elle n'avait pas entendu un mot.

Hong Kong,
hôtel Kowloon, chambre 1709

Wei était rongé par l'inquiétude. Il monta sur la pointe des pieds et interpella un agent de police.

— Je dois passer, dit-il pantelant, ma mère est seule. Elle ne répond pas au téléphone.

— Calmez-vous, monsieur ! Votre mère loge ici ?

— Au dix-septième étage, chambre 1709, elle n'a pas toute sa tête. Elle est âgée. Elle ne répond pas à mes appels, ce n'est pas normal. Savez-vous qui était dans l'ascenseur ?

— Pas encore, mais venez avec moi.

L'agent l'emmena à l'intérieur et le confia à un membre du personnel de l'hôtel chargé de répertorier et localiser les clients. La réception faisant face à l'ascenseur sinistré, Wei ne put s'empêcher de noter que l'on s'activait encore autour de l'ouverture béante. Il n'osait pas diriger son regard en direction de l'élévateur par peur d'y déceler un indice reliant la victime et sa mère. Il réitéra ses explications à l'employé.

— Et ma copine travaille chez vous. Elisabelle… Elle est en charge des banquets.

— Mademoiselle Elisabelle doit se trouver avec d'autres clients. La direction a réquisitionné tout le personnel disponible. En ce qui concerne votre mère, nous allons vérifier tout de suite.

Wei entendit le grincement métallique d'une échelle à laquelle on grimpe. Ses jambes flanchèrent lorsqu'un officier émergea de la cavité en grommelant :

— Putain, il y en a partout. Si ce n'était pas pour les fringues de vieille, je dirais qu'on a lâché une cargaison de tomates de tout en haut.

— Maman, balbutia Wei avant de se voir attribuer deux grooms chargés de l'accompagner au dix-septième étage.

— La 1709, c'est bien cela ? demanda l'un d'eux avec, dans la voix, l'inflexion navrée de qui pressent le calvaire à venir.

Aux ascenseurs encore en fonction, la petite troupe préféra les escaliers. Faute de climatisation, ceux-ci étaient, en cette période de l'année, un étouffoir. Ils escaladèrent les cinq premiers étages en traînant franchement la patte. À partir du sixième, ils dodelinaient de la tête comme des forçats enferrés et grimpèrent les deux derniers étages en se hissant à l'aide de la rampe. Wei se disait que si sa mère était vivante, ces deux-là le tueraient pour sûr.

Accédant enfin au palier du 17e, Wei tomba d'abord sur la femme qui l'avait interrogé sur le perron quelques minutes plus tôt. Arrêtée dans l'embrasure d'une porte de chambre, elle tenait dans ses bras une femme dont la ressemblance témoignait de la nature du lien qui les unissait. Il en conclut que la sœur était saine et sauve, mais redoubla d'inquiétude pour sa mère.

Un groom glissa son passe-partout dans la serrure de la 1709. La porte tourna dans ses gonds et révéla aux trois hommes essoufflés une vieille dame en pantoufles, enveloppée dans un manteau d'hiver et assise sur le canapé.

— Te voilà, mauvais fils ! lui lança-t-elle en guise d'accueil. Tu es venu avec des amis sans me prévenir ?

— Je t'ai appelée au moins cinq fois, maman.

— Oh, c'était donc ça, cette sonnerie ?

Wei, éreinté et retenant ses larmes, s'avança vers sa mère et la prit dans ses bras :

— Pardon, j'ai mis un peu de temps à rentrer, mais je suis là maintenant.

— Dis donc, non seulement tu as changé les meubles, mais, en plus, tu m'as enfermée ?

— J'avais peur…

— Peur de quoi ? Que je m'envole ? Quel nigaud, celui-là !

Hong Kong,
hôtel Kowloon, chambre 1703

Sa sœur serrée contre son cœur, Laure respirait la chevelure d'Isabelle à pleins poumons. Cette dernière ne comprenait pas tout à fait la raison qui présidait cette effusion de tendresse, mais ne s'en plaignait pas. Laure murmura à son oreille :

— J'ai eu peur qu'il te soit arrivé quelque chose de grave.

— J'ai raté quelque chose ?

Laure lui expliqua l'accident, la foule, le corps évacué.

— Quelle horreur ! Si ça se trouve, cette pauvre personne descendait prendre son petit déjeuner et bam ! Au revoir ! Mourir, c'est déjà rageant, mais être cueillie par surprise, c'est franchement déloyal. Voilà une bonne raison de ne jamais quitter sa chambre sans être maquillée. Lorsque ma dernière heure sera venue, je veux qu'en me fermant les yeux, ma famille s'extasie devant mon fard à paupières.

Laure tança gentiment sa sœur qui semblait ne jamais rien prendre au sérieux.

— Rire, c'est sérieux. Tu devrais essayer plus souvent, d'ailleurs !

Isabelle grimaça sans parvenir néanmoins à accrocher un sourire sur la bobine de sa sœur.

— Bon, lâche le morceau, je vois bien que quelque chose te taraude.

Laure se lança avec prudence :

— Tu ne le sais sans doute pas, mais quand tu n'étais encore qu'un bébé, maman m'a enseigné à déchiffrer tes différents pleurs. Pour moi, c'était un jeu ; j'étais haute comme trois pommes. Dès que j'entendais un début de sanglot, je me précipitais vers toi. J'ai appris à t'écouter, à t'observer, et je t'interrogeais. « Tu as faim ? Tu as froid ? » Plus tard, tu avais six ans, des nodules sur tes cordes vocales t'ont gardée silencieuse pendant près d'un an et, pour t'aider, je lisais sur ton visage ce que ta bouche ne pouvait dire.

— Je m'en souviens ! Tu traduisais à maman et papa ce que je voulais. Parfois même, tu ajoutais tes propres doléances au milieu. Mais pourquoi me dis-tu ça ?

— Parce que, ma petite sœur d'amour, je te connais par cœur. Et je sens !

— Quoi donc ?

— Je sens que quelque chose ne va pas. Mon instinct me dit que ce que tu me caches est grave. J'admire ta force de caractère. Tu cherches toujours à régler tes problèmes seule. Mais, la famille, c'est fait pour partager les joies et les peines. Les difficultés traversées ensemble nous lient davantage encore que les bons moments. Tu peux compter sur moi.

Les joues d'Isabelle se baignèrent de larmes :

— Ça ne va pas te plaire, Louloute.

Washington

Lorsque, lundi soir, Melania descend les marches de l'avion qui l'a ramenée à Washington, on ne sait rien encore de ce que la Vierge et tous les saints lui ont murmuré, vingt-quatre heures auparavant, dans le conclave de la suite présidentielle hong-kongaise. Ses idées sont pourtant claires, sa décision est prise et la détermination guide ses pas. Il faut la voir sortir du Boeing ; sculpturale, vêtue d'une robe à manches longues et d'une cape de couleur rouge.

— Qu'est-ce qu'elle porte ? hurle Donald depuis son bureau à sa bande de conseillers amoncelés face à un écran de télévision, dans la pièce voisine.

— Du rouge ! répond l'un d'entre eux. Du rouge, de la tête aux pieds.

— Et merde !

Genève

Laure pénétra dans la boutique avec le sentiment d'y retrouver quelqu'un de proche. Le magasin, petit, proposait pour l'essentiel des foulards et des bougies parfumées. Des centaines de pots de cire embaumaient l'échoppe ; ambiance des Alpes, neige, cuir, frangipanier, jungle. Sous cloche, les cubes de paraffine ressemblaient à une volière silencieuse. Laure humait les bougies dans un recueillement quasi religieux. Elle songeait à ces mystiques qui recourent au feu, aux herbes et aux encens pour purifier l'atmosphère et exfolier l'âme des mauvaises pensées. Elle se sentait en paix.

Elle n'avait pas vu Irina depuis Hong Kong, mais il faut dire que sa vie avait été mouvementée. À son retour d'Asie, elle avait pris six mois de congé et s'était envolée avec Isabelle pour le Rwanda où elles avaient rejoint le campement d'une association active dans la protection des gorilles de montagne.

De retour à la maison, elle avait partagé son temps entre sa sœur malade et le kiosque, où elle avait retrouvé son poste et qui, depuis peu, avait changé de propriétaire. Le jeune homme qui en avait repris les rênes méconnaissait la marche à suivre, alors Laure était devenue sa référente. Son application, son expérience et son intégrité avaient fait d'elle un rouage essentiel de la petite affaire. Le patron l'appréciait et le lui laissait comprendre. L'estime et le respect qu'il lui manifestait agissaient sur elle comme l'eau d'une fontaine de jouvence.

— Malheureusement, madame, j'ai vérifié dans le stock, nous n'avons plus de bougie au thé blanc, lui indiqua la vendeuse. Que pensez-vous de celle à la bergamote ou de cette autre qui rappelle l'odeur des cristaux de glace ?

Laure recherchait un parfum très précis. Elle était venue tout exprès pour le thé blanc. C'était une recommandation. À vrai dire, c'était plus que cela. Il s'agissait presque d'un fanion dans un jeu de piste, l'étape d'un itinéraire balisé.

— Ma sœur, dit Laure en hésitant sur les termes à utiliser, s'en est allée, il y a quelques mois de cela. Elle m'a laissé un mot, une liste de choses qui la rendaient heureuse. L'une d'entre elles est une bougie au thé blanc.

La vendeuse lui présenta ses condoléances. Mue soudainement par la compassion, elle déploya des efforts supplémentaires pour retrouver la référence de ladite bougie. Elle consulta rapidement un catalogue de fournisseur.

— La voilà ! Je crois bien qu'elle est encore produite. Nous pourrions certainement en commander quelques pièces, mais je dois d'abord en référer à la patronne. Elle s'est absentée quelques jours. Je lui ferai part de votre commande à son retour et lui demanderai de vous contacter. Elle s'appelle Irène, enfin Irina.

— Vraiment ? répondit Laure en feignant d'ignorer cette information.

La vendeuse ajouta ensuite :

— Elle est ukrainienne.

Elle avait dit cela comme on fait une confidence : à voix basse et en clignant de l'œil. Elle poursuivit ensuite par quelques commentaires livrés de manière télégraphique :

— C'est dommage qu'elle ne soit pas là... Elle avait vraiment besoin de prendre quelques jours... Elle travaille beaucoup... Ce n'est pas toujours facile...

— J'imagine !

— Les commandes... Les vitrines... Les clients...

Laure eut tout à coup le sentiment que cette dame parlait moins de sa patronne que d'elle-même.

— C'est pas facile, répéta la vendeuse, parce que, après le boulot, il y a encore du boulot ! On se comprend, entre femmes...

Laure cherchait quelque chose à dire qui soit susceptible de mettre fin à la logorrhée de son interlocutrice quand celle-ci la regarda en souriant comme si elle avait lu dans ses pensées.

— Heureusement, je ferme dans une demi-heure, dit-elle alors en tapotant sur montre. Bref, laissez-moi votre numéro de téléphone, on va s'occuper de votre bougie.

Lorsque la vendeuse lui demanda son nom, Laure s'inventa un patronyme :

— Doliprane, Laure Doliprane.

— Doliprane, comme l'antidouleur ?

— Voilà !

Une minute plus tard, Laure quittait définitivement la boutique avec la certitude qu'Irina ne passerait pas à côté de la référence. Elle avait fait à peine dix pas sur la chaussée quand la vendeuse, rongée par la curiosité, la héla dans son dos :

— La liste de votre sœur… J'ose vous demander quelle est la chose suivante qu'elle vous recommande ?

Un grand sourire se dessina sur le visage de Laure et sans recourir au vocabulaire grivois dont Isabelle abusait, elle en rendit l'idée :

— Ma sœur m'enjoint de me souvenir que la vie passe aussi par la jubilation du corps.

Yahotin

Le paysage qui défilait sur les pupilles d'Irina rythmait son soliloque intérieur. « Je viens d'une rue. Pas d'un pays, pas d'une région, pas même de cette ville de vingt mille ombres semées autour du fleuve Supyi. Je suis d'une rue qui, par ailleurs, ne mène littéralement nulle part ; à peine un kilomètre après la ferme de mes parents, elle s'éteint. »

Des fermes, il n'y avait que cela là-bas. Oh ! Pas ces *agro-holdings* épatantes, gérées par satellite pour le compte de fonds spéculatifs, ratissés et propres comme des centrales nucléaires, mais des carrés de campagne boueuse clôturés.

Les toits étaient en tôle et les murs en briques sinon en bois. Tout ce que le temps pouvait jaunir – plastique, fibre de verre, résine, verni, ongles et dents – avait subi, depuis belle lurette, sa mue safranée. Devant chaque exploitation, un poteau électrique, coiffé parfois d'un réverbère, côtoyait un saule de Babylone aux branches grêles et tombantes ; ensemble, ils surveillaient quelques hectares d'une terre noire, grasse et silencieuse. Il traînait par-là plus de palettes de bois que d'enfants. Pas de trottoir, peu d'asphalte et des champs sans relief à perte de vue.

Rien à l'horizon ne fixait le regard. Irina se souvenait que, petite déjà, elle trouvait cela triste ; un horizon nu sur une étendue sans fin.

— Rue Tolstoï ?! s'exclama Édouard en décryptant le nom de la rue sur un panneau de signalisation routière. C'est là que tu vivais ?

— À l'époque où les gens avaient encore l'esprit pratique, répondit Irina, cela s'appelait le chemin de la poste.

— Laisse-moi deviner : des collectivistes soucieux de poétiser la vie l'ont rebaptisée du nom de l'auteur ?

— Ils appelaient cela l'émancipation par la culture. Cela leur tenait à cœur au moins autant que de remplir les goulags.

— Remarque, reprit Édouard, ce n'est pas plus grotesque que le cas d'un copain de classe qui habitait rue de l'Avenir.

— Et ?

— Il s'est fait écraser par un camion devant chez lui à l'âge de douze ans.

Irina rit sans parvenir à s'extraire totalement de ses pensées. Dix mois auparavant, Édouard et elle avaient frôlé la séparation. Mais d'un voyage dans ses souvenirs, suivi d'une rencontre insolite dans un hôtel de Hong Kong, elle avait retenu que le contrôle était une illusion et que pour mesurer le chemin parcouru et s'en satisfaire, il lui fallait prendre en compte le point d'origine ; passer sa vie au tamis pour en conserver les pépites.

— C'est ici, à gauche ! glissa Irina au chauffeur.

Le taxi ralentit et pénétra lentement dans la cour d'une masure lézardée. La voiture s'immobilisa sans éteindre son moteur. Irina serra dans sa paume la main d'Édouard et poussa la portière. Hors du véhicule, elle entendit un cri emplir la cour :

— Nacha !

D'une voix qu'Édouard ne connaissait pas, Irina accueillit son enfance :

— *Tato !* – Papa.

Le taxi repartait déjà ; ses pneus craquaient sur le cailloutis.

Édouard reconnut ce bruit, c'était celui que faisait le bonheur quand il revenait.

Washington

Il aura fallu deux cent trente et un ans avant que les citoyens des États-Unis d'Amérique n'élisent une femme à la tête de leur gouvernement ; un siècle après l'amendement de la Constitution garantissant le droit de vote aux femmes.

Il est des injures qui ont la vie dure.

Pendant la campagne, Donald s'était montré odieux et misogyne. Conforme à ses habitudes, il avait recouru infatigablement à l'injure et au discrédit :

— C'est une vieille branche, sèche comme un courlis et triste comme la pluie. Elle veut peser sur la politique mondiale. Avec quoi ? Ses trente kilos ? L'Amérique a besoin d'un leader fort, costaud. Et moi, je suis en acier blindé, les gars. C'est vrai ! Tout le monde vous le dira. Franchement, cette campagne, c'est l'affrontement de Pocahontas contre Iron Man. Et qu'est-ce qu'elle compte faire pour protéger les Américains ? Sortir son pipeau ? Ça me fait marrer. Il faut qu'elle sache : ce n'est pas avec le pouvoir des fleurs que l'on dirige, Elizabeth.

Elizabeth, soixante-dix ans, démocrate, longtemps enseignante à Harvard et sénatrice sur le tard, avait consacré une large partie de sa vie à défendre les consommateurs face aux pratiques abusives de multinationales jusqu'à fonder un bureau fédéral dédié entièrement à cette cause. Cultivée, mordante et déterminée, elle avait forcé au vert tous les sémaphores que la vie avait dressés sur son chemin. Issue de la classe moyenne pauvre, elle était l'antithèse de Donald, mais avait remporté l'élection sur le même paradigme que celui qui avait porté son prédécesseur au pinacle : revitaliser le rêve américain, la possibilité offerte à chacun de s'élever par son talent, son travail et son éducation. Il clamait liberté d'entreprendre, richesse illimitée, loi du plus fort. Elle hélait meilleurs salaires, moins de corruption et plus de justice ; le populisme restait au final le grand vainqueur de ces élections.

La bataille avait été rude, presque inhumaine, mais Elizabeth avait pu compter sur une alliée dont l'influence sur l'opinion publique s'était révélée décisive dans les dernières heures de la lutte : Melania multipliant les signes d'un ralliement croissant à la principale opposante politique de son mari.

Cela avait commencé lors du deuxième débat télévisé entre les deux candidats, lorsque les caméras captèrent, à plusieurs reprises, les mouvements d'acquiescement de la Première dame aux arguments d'Elizabeth. Les chroniqueurs de plateau et la Toile numérique tout entière s'étaient enflammés. Les serveurs par lesquels transitaient les flux de données avaient crépité comme du pop-corn. Ça y est, avaient commenté les animateurs, elle remet ça. Encore une querelle conjugale qui vire au règlement de comptes public. Cette femme est insensée, grondaient certains, tandis que d'autres criaient au génie.

Elizabeth avait attendu pendant de longs mois que Melania intervînt dans le débat en sa faveur. À deux mois des élections, lors d'un discours tenu devant des étudiants de Harvard, elle n'avait pas manqué d'alpaguer John, son ancien collègue de la fac de droit :

— Les électeurs passent aux urnes dans huit semaines, John. Si, comme tu me l'as confié, elle veut nous aider, c'est maintenant qu'elle doit agir !

Elle avait cessé d'y croire quand finalement, quatre semaines avant le jour fatidique, Melania avait commencé à égrener l'une après l'autre de véritables mines anti-Donald.

Deux jours après le débat, lorsque les spectateurs la retrouvèrent au côté de son mari à l'occasion d'une réunion publique, elle arborait une paire de lunettes noires et un sourire en berne. Les commissures des lèvres versées en une triste inflexion, elle avait passé la totalité de l'allocution de Donald le regard sur ses escarpins, feignant sans trop de difficultés un ennui profond. Le rendu à l'écran avait été si catastrophique que les conseillers du Président avaient pris la décision de la placer, à l'avenir, hors du champ de vision des caméras. Au fait de la manœuvre, elle avait opté pour une désertion totale, se faisant porter pâle à chacun des rendez-vous publics auxquels était appelé Donald.

Stephanie, de son côté, distillait des tweets éloquents dont le ton faussement naïf couvrait à peine la véritable intention.

Dans le contexte du refus, exprimé par Melania, de suivre Donald à une importante convention républicaine, Stephanie avait publié sur les réseaux sociaux un message arguant que la Première dame, empêchée par un refroidissement, suivrait néanmoins avec attention la retransmission de l'événement. Le soir venu, elle édita une photo dévoilant Melania face à un poste de télévision. Le commentaire se résumait au hashtag #LeVainqueur. Il n'était pas nécessaire d'agrandir la photo pour réaliser que l'image figée sur l'écran de Melania n'était pas celle de son mari, mais bien celle d'Elizabeth. Avançant une erreur dans le choix iconographique, Stephanie publia des excuses laconiques qui ne trompèrent personne.

Par ses estocades successives, Melania avait sonné la fin de la récréation. Rétrospectivement, il était évident que l'opération « Cesse ton cirque » avait débuté sur le tarmac de l'aéroport israélien. Ce qui avait commencé par une tape sur la main s'était achevé, quatre ans plus tard, par la non-réélection de Donald. La matrone avait parlé : « On rentre à la maison. »

Elizabeth se souvenait d'une discussion qu'elle avait eue avec Donald, au lendemain de la victoire démocrate. Débonnaire et sans aucune acrimonie, il l'avait accueillie avec beaucoup de cordialité dans le Bureau ovale. Il n'avait aucun regret, avait-il dit, il avait vécu, jusque-là, *à la grande*. À soixante-treize ans, il était temps pour lui de se ranger des voitures. Et puis, Barron devenait un homme. Avec un peu de travail, ce petit gars pourrait être président à son tour. La deuxième plus grande démocratie du monde gérée par une nouvelle dynastie présidentielle :

— Ça aurait de la gueule, Elizabeth, non ?

Elizabeth était restée scotchée par l'assurance dont il ne se départait jamais et ce franc-parler qui, trop souvent, relevait d'une gênante absence de filtre.

Elle n'avait rencontré Melania que brièvement, lorsque le couple cédant sa place à la Maison Blanche avait accueilli le couple entrant. Elles n'avaient échangé que quelques banalités et une poignée de vœux. Les motivations profondes de Melania restaient un mystère. Le mari d'Elizabeth aussi s'interrogeait :

— Ce n'est pas par solidarité féminine, tout de même ? Ce serait trop con.

Elizabeth avait répondu :

— Je crois que contrairement à son mari, elle a le sens de l'absurde. Et puis, il y a autre chose.

— Quoi donc ?

— Elle aime vraiment son mari.

Désormais, tout cela avait pris fin. Donald était reparti à New York où il avait trouvé à son arrivée le cadeau qu'Elizabeth avait tenu à lui offrir : le buste d'une jeune Amérindienne soufflant dans une petite flûte à bec. La sculpture s'accompagnait d'une note : « Pocahontas t'emmerde ! »

« Le monde ne te fera pas de cadeau, crois-moi.
Si tu veux avoir une vie, vole-la. »

Lou Andréas-Salomé

La photocomposition de cet ouvrage
a été réalisée par
GRAPHIC HAINAUT
30, rue Pierre Mathieu
59410 Anzin

Imprimé en France par CPI
en août 2020
N° d'impression : 3039297

S30815/01